일상이 고고학

나 혼자 전주 여행

일상이 고고학
나 혼자 전주 여행
일상이___고고학 05
황윤 역사 여행 에세이
全州
책읽는고양이

이성계 어진. 경기전 본전. ©Park Jongmoo

프롤로그

안양에서 버스를 타고 전주시외버스공용터미널에 도착하니, 오후 2시 15분쯤 되었군. 한 2시간 20분 정도 걸렸나? 가깝다면 가깝고 멀다면 먼 이곳. 은근히 자주 온 곳이라 그런지 터미널 풍경부터 익숙하다. 전주는 내가 특별히 좋아하는 한국의 도시들 중 하나거든. 그래서인지 1년에 한 번 이상은 꼬박꼬박 오는 듯함.

버스에서 내린 후 사람들을 피해 조용히 기지개를 켰더니 오래 앉아 있던 허리가 곧게 펴지는 느낌이다. 버스에서 푹 자서 그런가? 희한하게도 어제까지 원고를 쓰느라 쌓였던 피곤함이 갑자기 사라졌다. 역시 버스는 숙면하기에 아주 좋단 말이지. 나와 궁합이 참 잘 맞는다. 어릴 적부터 고향 부산까지 고속버스를 타고 다니던 경험이 쌓여서 그런가보다. 당시는 서울에서 부산까지 5시간 이상 걸렸다. 설이나 추석 때는 12시간 이상도 걸렸지. 요즘은 자주 볼 수 없는 풍경. 덕분에 2~3시간 버스 여행은 그냥 옆 동네 마실 가는 느낌이다.

한편 전주시외버스공영터미널 안에는 식당이 참 많다. 한식, 분식 등 가게 종류도 다양하다. 전주 하면 맛있는 음식이 가장 먼저 떠오르니, 터미널 식당이라도 분명 맛있겠지? 음. 하지만 오늘 점심은 터미널 근처에 있는 식당에서 먹기로 하자.

터미널 안에서 조금 걷다보니 커다란 전라북도 지도가 등장한다. 가만 보자. 전주를 중심으로 김제, 군산, 익산, 고창, 남원 등이 보이는군. 이번 여행에서는 이 가운데 과연 몇 군데를 들를 수 있을까? 목표는 어느 정도 정해놓고 왔으나 갑작스럽게 스케줄이 변경될 수도 있으니 아직 확신하지 말자. 이번 여행도 매번 그렇듯 최선을 다해 돌아볼 뿐이다.

터미널 중심으로 들어서자 참으로 오래된 건물이라는 느낌이 절로 든다. 참고로 1970년대에 지어졌다고 한다. 전국으로 갈 수 있는 버스표를 파는 매표소 및 매점, 대합실 등이 보이고 사람들로 꽤나 붐비고 있다. 특히 20대가 많이 보인다. 흥미롭게도 전주에는 여자끼리 오는 여행자 비율이 높은 것 같더군. 정확한 통계가 나와 있는지는 잘 모르겠지만, 버스 터미널뿐만 아니라 전주 한옥마을 등에서도 여자끼리 여행하는 모습을 많이 볼 수 있다. 이처럼 복잡한 터미널 내부에 가득한 젊은 인구 비율을 보아도 남다른 여행지로서 전주의 명성이 느껴진다.

참, 그리고 전주시외버스공용터미널은 '전주미래유산 20'에 지정된 건물이라 한다. 전주미래유산이란 "전주 사람들이 살아오면서 함께 만들어온 공통의 기억과 감성들로, 근·현대를 배경으로 하는 유·무형의 것들 중 미래세대에 전달할 만한 가치가 있는 것"이라 하더군. 전주시청 홈페이지에 따르면 그렇다고 함. 그중 잘 알려진 전주미래유산으로는 전주의 관문인 '호남제일문(湖南第一門)'을 꼽을 수 있겠다. 1994년 현재의 모습으로 재건립되었는데 전주를 상징하는 꽤 유명한 현대 건축물이기도 하지. 이와 마찬가지로 전주시외버스공용터미널도 전주에서 의미 있는 곳으로 인식되나보다.

호남제일문.

湖

차례

3. 견훤과 이성계

4. 전주의 새벽

5. 전북대학교

6. 남원으로 떠나다

7. 남원 실상사

8. 금산사와 왕자의 난

1

그 옛날 전주의 시작

전주라는 지명

전주시외버스공영터미널 밖으로 나와 동남쪽으로 2분 정도 걸어가면 '금암우족탕'이라는 식당이 있다. 오늘 점심은 바로 이곳에서 먹을 예정. 어느 날 전주 여행을 마치고 집으로 가기 전에 버스 터미널 근처에서 음식점을 찾다가 우연치 않게 방문했는데, 오~ 웬걸, 맛이 무척 좋았다. 그런 까닭에 이후로도 버스로 전주에 갈 때면 일부러 찾아가서 먹는 장소가 된다.

그럼 잠시 걸어가면서 전주 역사를 조금 정리해 볼까?

우선 지명 전주(全州)는 전(全)에 "온전하다, 완전하다"라는 뜻이 있어 고을을 뜻하는 주(州)와 결합해 '완전한 고을' 이라는 의미를 지니고 있다. 전주 이전에는 완산주(完山州)라는 지명을 사용했는데, 이 지명 역시 꽤 유명하지? 오죽하면 지금도 전주시청과 전주를 상징하는 한옥마을, 경기전(慶基殿) 등이 전주시 완산구(完山區)에 모여 있으니까. 한때 완산주였던 흔적이 여전히 남아 있는 것이다. 마침 완(完) 역시 "완전하다"라는 뜻이 있군. 이처럼 완전한 고을이라는 도시명은 같은 의미를 지닌 완산주에서 전주로 한 차례 바뀌며 이어온 것이다.

그런데 《삼국사기》를 읽다보면 조금 재미있는 부분이 등장한다. 완산주라는 지명이 처음 사용된 장소가 이곳이 아닌 경상남도 창녕이기 때문.

> 비사벌(比斯伐)에 완산주(完山州)를 설치했다.
>
> 《삼국사기》 신라본기 진흥왕 16년(555) 1월

이처럼 진흥왕은 555년, 경주 서쪽으로 적극 진출하는 과정에서 지금의 창녕인 비사벌(比斯伐)에 다름 아닌 완산주를 설치했다. 이것이 바로 완산주라는 지명의 역사 첫 등장이다. 그러나 10년이 지난 진흥왕 26년, 즉 565년에 완산주는 폐지하고 그 대신 대야주(大耶州)를 설치한다. 이는 562년 대가야가 멸망한 직후 일어난 일로, 결국 완산주는 대가야를 견제하기 위해 설치되었다가 대가야가 무너지자 대야주로 곧 이름이 바뀐 것이다.

그렇게 잊힌 완산주라는 지명은 세월이 지나 신문왕 5년인 685년 다시 등장한다. 백제, 고구려 멸망 후 최종적으로 당나라까지 물리치고 삼한일통을 이룩한 신라가 전국을 9주(州)로 재편하면서 완산주를 현재의 전주 지역에 설치했기 때문. 130년 만의 완산주의 부활이었다. 그리고 세월이 더 지나 757년, 신라 경덕왕의 명에 따라 전국의 지방 행정 구역을 한자식 지명으로 바꾸는 과정에서 드디어 완산주가 전주(全州)로 고쳐졌으니, 비로소 전주라는 지명이 역사에 등장한다.

그렇다면 창녕에서 시작된 완산주라는 이름은 어쩌다 이곳 전주까지 옮겨온 것일까? 안타깝게도 2분이라는 짧은 시간에 이 모든 것을 다 설명하기는 힘들 것 같다. 걷다보니 벌써 점심 먹을 식당 앞에 도착했으니까.

금암우족탕

식당 안으로 들어가서 메뉴판을 쭉 읽어본다. "한우 특우족탕, 전복 우족탕, 한우 갈비탕, 한우 설렁탕, 한우 우족탕." 그래, 고민하지 말고 본래 목표였던 한우 우족탕을 시켜야지.

주문을 하고나서 주변을 살펴보니, 이미 많은 사람들이 참으로 맛있게 우족탕을 먹는 중이다. 벌써 침이 고이네. 우족탕은 주로 소의 족발 부위를 삶아서 끓인 탕으로 재료가 한우라서 그런지 먹고나면 눈이 번쩍 뜨이고 절로 에너지가 충전된 느낌을 준다.

드디어 여러 반찬과 함께 우족탕이 나왔다. 오늘 기본 반찬은 배추김치, 깍두기, 갓김치, 깻잎장아찌,

한우 우족탕. ©Park Jongmoo

새우젓, 된장, 고추, 멸치볶음 등인데 때마다 조금씩 변화가 있다. 채소도 직접 농사지은 것이라 그런지 식감이 좋다. 여하튼 기본 반찬은 우족탕과 함께 먹으면 참으로 맛있다. 또한 수육 5~6점이 한번 맛보라는 듯 서비스 반찬으로 함께 나온다. 수육은 그 식당 고기 맛을 가늠할 객관적 기준이라고 할 수 있잖아. 수육이 맛있어야 진정한 실력이라 평할 수 있고, 그와 연결되는 모든 음식이 맛있다는 의미니까.

그럼 한번 먹어보자. 수육 한 점에 새우젓을 올리고 잘 익은 김치로 감싸 입에 넣으니, 와우! 입 안에서 살살 녹는군. 수육을 먹어보니, 매번 느끼지만 이곳이 고기 맛집인 것은 분명하다.

이제 우족탕을 먹을 차례. 우족탕은 먼저 국물부터 숟가락으로 떠 먹어본 뒤 이윽고 밥을 말아 먹는다. 여러 고기가 있으나 어떤 부위보다 말캉말캉한 물렁뼈 부분이 씹히는 맛이 좋다. 육수는 담백한 맛이 나는군. 마지막으로 서비스로 제공되는 면까지 넣어서 싹싹 다 먹었다. 엉? 금세 그릇이 비어버렸네. 이것이 바로 사람을 홀린다는 전주의 맛 바로 그것인가.

계산을 끝내고 밖으로 나오니 든든하게 먹고나서 그런지 기분이 무척 좋다. 언제나 그렇듯 전주 여행의 시작은 식당부터 방문하는 것이 옳은 듯하다. 오늘도 금암우족탕에 들러 배를 잘 채우고 나왔네.

이제 버스를 타고 국립전주박물관을 들러야겠다. 바로 근처 정류장에서 버스를 타면 된다. 아 참, 이동하면서 완산주 이야기를 더 해야겠군. 마침 운 좋게도 버스가 온다. 타자.

백제 영토 문제로 당나라와 대립

660년, 백제는 의자왕이 신라와 당나라 연합군에 항복하면서 멸망했다. 그러나 당나라는 신라와 동맹을 체결하면서 한 약속과 달리 백제 영토를 신라 것으로 인정하지 않으려 했다. 양국의 최종 목표였던 고구려가 668년 멸망하자, 신라와 당나라는 한반도 영역 지배권을 둘러싸고 전쟁에 돌입할 수밖에 없었다. 이것이 바로 670년부터 676년까지 7년간 벌어진 나당 전쟁이다.

이때 신라 문무왕은 전선을 크게 두 개로 나누어 전쟁을 이어갔으니, 북쪽으로는 임진강을 사이에 두고 당나라 군대와 대결했고 서쪽으로는 백제의 옛 영역을 장악하기 위한 전투가 이어졌다. 그 과정에서 문무왕은 672년, 오주서(五州誓)를 새롭게 창설한다. 청주서(菁州誓: 지금의 진주), 완산주서(完山州誓: 지금의 전라북도 전주), 한산주서(漢山州誓: 지금의 경기도 광주), 우수주서(牛首州誓: 지금의 강원도 춘천), 하서주서(河西州誓: 지금의 강원도 강릉)가 바로 그것으로 5개의 주(州)에 주둔하는 군단이었다.

문제는 당시 한산주서, 우수주서, 하서주서 등 3개 군단의 경우 소속된 주가 이미 존재하고 있었으나 청주서와 완산주서는 소속된 주가 없었다는 사실이다. 청주와 완산주는 신문왕 5년, 즉 685년에 이르러서야 신라를 9주로 새롭게 재편하는 과정 중 비로소 등장했다. 그렇다면 주도 없는데 소속 군부대 창설이 먼저 이루어졌다는 것이니, 이 부분에 대한 해석이 필요하다 하겠다.

과거로 잠시 되돌아가서 6세기 신라 법흥왕 시절 경상북도 지역에는 상주(上州→일선주)가, 진흥왕 시절 경상남도 지역에는 하주(下州)가 설치된 적이 있었다. 이 중 하주는 앞서 잠시 설명했듯 완산주 또는 대야주 등으로 불리기도 했는데, 바로 그 하주를 문무왕의 아들인 신문왕 시절 둘로 나누면서 현재의 경상남도 진주에는 청주(菁州)가, 전라북도 전주에는 완산주(完山州)가 만들어졌다. 참고로 신라 시대 청주는 현재의 충청북도에 위치한 청주(淸州)와 한자부터 다르다. 즉, 충청북도 청주와는 다른 지역의 명칭이니 꼭 기억해두자. 헷갈리기 쉬워 어쩌면 변별력이라는 명목으로 공무원 시험에 나올 수도 있음.

하지만 나당 전쟁 때 이미 문무왕은 기존의 하주 범위가 백제 영역까지 포함되어 크게 넓어졌기에 이를 청주와 완산주로 나누어 통치할 계획을 갖추고 있었다. 이에 한창 당나라와 결전 중인지라 군대부터 먼저 창설했던 것이다. 이것이 바로 청주서, 완산주서가 이들이 소속될 주보다 먼저 등장한 이유다. 이는 다른 의미로 당나라와 싸워 승리한 후 백제 영역을 반드시 신라의 것으로 만들겠다는 의지의 표현이기도 했다. 그리고 치열한 전투 끝에 신라가 승리하면서 완산주서는 현재의 전주에 주둔하는 군단으로 완벽히 자리 잡았고, 얼마 뒤 문무왕에 이어 즉위한 신문왕은 아버지 계획대로 완산주를 지금의 전주에 설치한다.

이처럼 신라는 현재의 전라북도 지역을 통치하기 위해 전주에 군단을 배치하는 데 성공했지만, 이것만으로 해당 지역에 대한 통치 기반이 마무리된 것이 아니었다. 뒤이어 10정(停)이라 불리는 지방군대 중 하나를 전라북도 임실군에 배치했고, 남원

685년 시점 통일신라 9주 명칭.

에는 신라의 지방 주요 도시인 5소경 중 하나를 설치했으니까. 그만큼 전주 주변을 꽤 중요하게 여겼음을 알 수 있다.

결국 완산주라는 이름은 진흥왕 시절 잠시 사용되었다가 문무왕 시절 재등장한 후 신문왕 시절에

풍남문. ©Park Jongmoo

주(州)로서 완전히 자리 잡혔고, 경덕왕 시절에는 같은 의미를 지닌 전주로 명칭이 바뀐 것이다. 즉, 신라의 수백 년에 걸친 적극적인 서쪽 진출과 연결되는 이름이라 하겠다. 이렇듯 완산주는 경상남도 창녕에 처음 등장하여 서해와 접한 전라북도까지 오랜 세월에 걸쳐 서쪽으로 옮겨왔던 것이다. 이것이 바로 전주라는 지명의 역사다.

응? 마침 내가 탄 버스는 전주의 자랑 중 하나인 풍남문을 지나치고 있네. 차창 밖으로 풍남문이 보이는군. 그렇다면 이제 서쪽으로 20분을 더 달리면 국립전주박물관 도착이다. 자~ 남은 시간은 전주 시내를 구경하며 가볼까.

2

국립전주박물관

박물관 소개

전주에 오면 반드시 들르는 곳이 국립전주박물관이다. 전라북도 역사를 전반적으로 설명하고 있는 장소인 만큼 이곳에서 확인하고 볼 것이 무척 많다 하겠다.

오후 3시 43분. 정문으로 들어가니 기와로 지붕을 인 건물이 마주 보인다. 한옥 건물 확대 버전이랄까? 박물관 본관으로, 그곳까지는 경사가 완만한 계단을 따라 천천히 올라가면 된다. 들뜨고 신난 발걸음으로 올라가니 금세 도착. 이상하게 국립전주박물관 계단을 따라 올라갈 때마다 기분이 좋아지더군. 동심을 찾게 만드는 묘한 효과가 있다. 혹시 건축가가 의도한 것일지도?!

국립전주박물관. ©Park Jongmoo

국립전주박물관은 1990년 10월 개관했으며 규모가 그렇게 크지는 않다. 1978년 개관한 국립광주박물관과 기와로 꾸며진 겉모습부터 내부 전시 공간까지 비슷한 느낌인데 전반적인 크기는 75% 수준이니, 뭐랄까? 국립광주박물관의 친형제 같은 느낌이랄까? 실제로 두 박물관은 매우 닮게 디자인되었는데, 흥미롭게 볼 부분이다.

이곳 박물관에서 내가 가장 감명 깊게 본 기획 전시로는 2015년 개최한 "당송 전환기의 오월(吳越)"

이 있다. 중국의 소주박물관(蘇州博物館)이 소장하고 있는 당나라에서 송나라까지 오월 지역의 유물을 빌려와 전시를 꾸몄으며, 이 중 A급 도자기가 일부 출품되어 감동을 받은 기억이 남아 있다. 내가 도자기 문화를 무척 좋아해서 말이지.

이 기획 전시를 전주에서 개최한 이유는 오월과 후백제 견훤, 즉 전주에 나라를 세웠던 인물과의 연결점을 보여주기 위해서였다. 기록에 따르면 과거 견훤이 오월과의 외교에 적극적이었기 때문. 어쨌든 견훤과 오월의 인연 덕분에 무려 1100여 년 뒤에 중국 A급 도자기를 만날 수 있는 기회를 얻었으니, 개인적으로 견훤에게 감사할 뿐이다.

이처럼 이곳은 전라북도와 연결되는 다양한 유물 및 역사를 소개해주고 있다. 기획 전시뿐만 아니라 상설 전시도 전라북도 역사를 잘 소개하고 있으니까 말이지. 그럼 들어가보자.

고창 봉덕리 금동신발

입구에서 정면으로 1층 계단을 따라 조금만 올라가면 역사실이 나온다. 안으로 들어가니 가장 눈에 잘 띄는 장소에 2009년 고창 봉덕리에서 출토된 금동신발을 전시하는 중. 이곳 국립전주박물관 역사실을 대표하는 최고 유물이기에 이처럼 주인공급 대우를 받고 있다.

백제가 지방 세력들에게 하사한 금동신발은 백제 영역을 따라 근래까지 꾸준히 발견되면서 고고학계에 큰 기쁨을 주었다. 주요 금동신발의 제작 시기는 4세기 말에서 5세기. 이로써 한성백제, 즉 지금의 서울이 수도였던 시점의 백제 공예품 수준도 파악할 수 있게 된다. 안타깝게도 475년, 고구려에게

고창 봉덕리 금동신발. ©Park Jongmoo

크게 패한 뒤 충청남도 공주로 급하게 백제의 수도가 옮겨지는 사건이 발생했기 때문. 그 결과 한성의 왕궁과 왕릉은 제대로 보호받지 못하면서 완성품 형태의 A급 공예품은 동시대부터 이미 남아나질 못했다. 패배 후 한성백제의 수도에서는 고구려의 약탈과 방화가 자행되었을 테니까.

그럼에도 고창 봉덕리 출토 금동신발이 있어 한성백제 시절 백제의 왕과 중앙 귀족들이 사용한 공예품이 어느 정도 수준이었을지 상상력으로 충분히 채울 수 있게 되었다. 박물관을 대표하는 주인공급 유물인 만큼 설명이 좀 길었군. 이제 한번 볼까?

우와. 정말 아름답다. 여러 번 본 유물인데도 매번 감탄이 나오네. 사람 발보다 훨씬 크게 만들어진 금동신발은 죽은 이와 함께 묻는 부장품으로서 특수 제작된 것이다. 따라서 실제로는 신지 않았다. 실용성을 포기한 대신 장식성을 강조해 전체 디자인이 날렵하다. 게다가 표면의 여러 육각형 모양 안에는 정말 다양한 동물들이 세밀하게 새겨져 있다. 이들은 현실에는 존재하지 않는 상상 속 동물들로, 각기 지닌 남다른 힘을 통해 신발을 선물 받은 이가 사후 세계에서 보호받을 수 있도록 도와줄 것이다. 이처럼 완벽한 디자인과 세밀한 장식은 당시 백제가 지니고 있던 기술력과 문화의 힘을 보여준다.

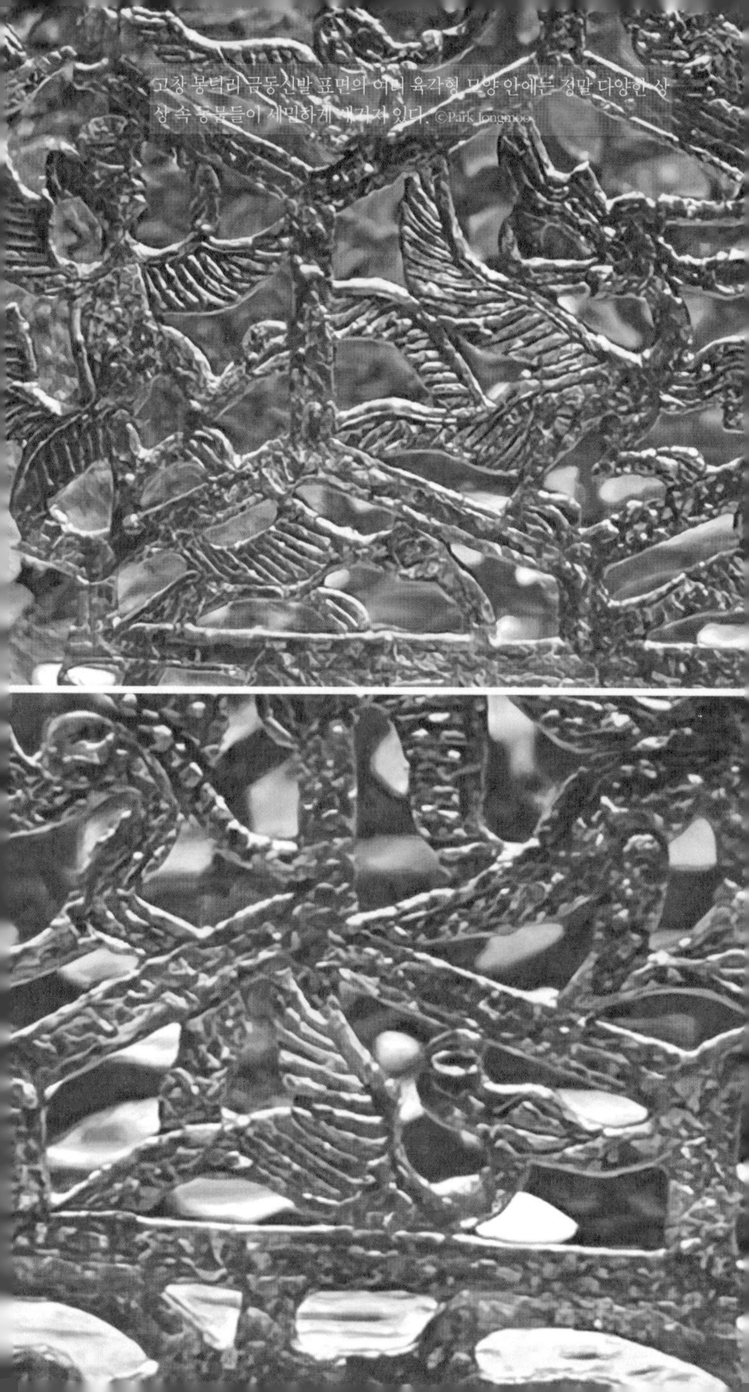

고창 봉덕리 금동신발 표면의 여러 육각형 모양 안에는 정말 다양한 상상 속 동물들이 세밀하게 새겨져 있다. ©Park Jongmoo

홀린 듯 문양 하나하나를 감상하다보니, 문득 궁금해졌다. 고창 봉덕리 출토 금동신발과 함께한 이는 과연 어느 정도의 권력자였기에 이처럼 수준 높은 공예품을 받았던 것일까?

이 금동신발이 발견된 장소는 "전라북도 고창군 아산면 봉덕리 산 47"로 전주에서 남서쪽으로 76km 정도 거리에 위치한다. 다만 이번 여행에서는 패스. 그곳까지 가려면 아무래도 자가용 여행을 추천. 근처에 아름답기로 유명한 고창 읍성도 있으니 겸사겸사.

여하튼 그곳에 도착하면 거대한 4기의 고분을 만날 수 있다. 어느 정도 크기인지는 직접 가서 확인해보자. '이것이 정말 무덤?' 하고 깜짝 놀랄 정도니까. 단순히 수치로만 보아도 가장 큰 1호분의 경우 동서로 70m, 남북으로 52m, 최고 높이 9m 수준이다. 참고로 경주에서 가장 큰 단일 고분인 봉황대가 지름 82m, 높이 22m다. 그 대단하다는 경주 고분과 비교해도 손색없는 크기인 것이다. 다만 고창의 것은 무덤 디자인이 조금 독특한데, 다름 아닌 분구묘의 특징이 보인다.

보통 무덤이라 하면 땅을 판 뒤 지하에 시신을 묻는 것이 생각날 것이다. 그리고 그 위에 봉분을 만들어 시신을 보호한다. 그런데 분구묘(墳丘墓)는 한자

금동신발이 발견된 전라북도 고창군 봉덕리에 있는 분구묘.

해석 그대로 언덕에 만든 무덤이다. 인위적으로 흙이나 돌을 이용하여 봉분과 같은 언덕을 조성한 뒤 그 위에다가 무덤을 만들었기 때문이다. 즉, 지상에 분구를 만들고 그 위에 시신을 안치하는 방식이다. 이런 형태의 묘는 과거 마한에서 주로 만들어졌는데, 실제로 경기, 충청, 전라 등 마한 지역을 따라 분구묘가 주로 발견되고 있다. 바로 그 분구묘 중 하나가 고창 봉덕리 고분군이라 하겠다.

이러한 분구묘의 경우 오직 한 명을 위해 사용된 것이 아니라서 보통 여러 무덤이 함께 배치되었다.

즉, 조성된 언덕 위에 여러 명의 무덤이 함께 만들어졌던 것. 이는 곧 가족을 중심으로 한 혈연 공동체적인 유대 속에서 구축된 것이니, 분구묘 자체가 가족묘에 해당함을 의미했다. 예를 들어 나주 복암리 3호분의 경우 무려 42개의 매장 시설이 확인되었으며, 금동신발이 발견된 고창 봉덕리 1호분의 경우에도 석실 무덤 5개와 옹관 2개 등의 매장 시절이 확인되었다. 이 중 4호 석실의 묘에서 금동신발이 발견되었다.

이에 금동신발이 발견된 무덤에는 "고창 봉덕리 1호분 4호 석실"이란 긴 이름이 붙여졌다. 이름이 너무 길어 보통은 짧게 "고창 봉덕리 1호분" 또는 "고창 봉덕리 고분군"이라 부르는 중. 유물 조사 결과 한성백제 말기인 5세기 중후반의 것으로 추정된다.

무엇보다 고창 봉덕리 고분군에 있는 분구묘의 크기는 전라북도에 있는 분구묘 중 가히 최대라 알려지고 있다. 이는 흙을 쌓아 만드는 여타 분구묘와 달리 자연 언덕의 경사면을 깎아 거대한 사다리꼴로 만든 후 위를 평평하게 고르고 마지막으로 여러 무덤을 조성하는 방식을 선택했기 때문이다. 특히 1호분과 2호분은 본래 하나의 언덕 형태였으나 중간을 깊게 파서 아예 각기 구별되는 언덕으로 만들어버렸다. 즉, 거대한 토목 공사가 있었다는 의미.

이것으로 미루어 고창 봉덕리 고분군을 축조한 세력은 상당한 규모의 무덤을 조성할 수 있는 권력층이었다. 이들이 동원할 수 있는 인력 또한 상당했음을 알 수 있다. 학자들은 이곳을 마한의 소국 중 하나인 모로비리국(牟盧卑離國)의 지배자 무덤군으로 파악한다. 중앙 집권화를 추진하던 백제가 마한 소국을 흡수하는 과정에서 최고의 공예품 중 하나인 금동신발을 하사하며 모로비리국 출신 권력자를 크게 우대했던 것이다.

고창 봉덕리 1호분 4호 석실에서 출토된 유물은 비단 금동신발만이 아니었다. 금귀고리 두 쌍, 대나무 잎 머리 모양 장식, 중국청자, 청동 탁잔, 일본계 토기, 큰칼 및 화살통 등이 함께 발견되었다. 이처럼 다양한 문화의 물건이 부장품으로 함께 묻혔다. 이 중 특히 중국청자 및 일본계 토기를 어떤 과정을 통해 얻게 되었는지 궁금해지는군. 이것들 역시 백제 금동신발 수준의 A급 유물이다. 그뿐만 아니라 이곳에서 출토된 큰칼 또한 개인적으로는 백제 물건 같지 않단 말이지.

부안 죽막동 제사 유적

고창 봉덕리 고분군이 있는 전라북도 고창군 아산면 봉덕리 산 47에서 북서쪽으로 해안을 따라 꼬불꼬불 이동하면 변산반도를 만날 수 있다. 더 나아가 변산반도 서쪽 끝에 다다르면 수성당(水城堂)이라는 사당이 등장하는데, 역사 유적이라는 의미를 떠나 주변 풍경이 너무나 멋지다. 한번 방문해볼 만하다.

절벽 위 탁 트인 바닷가 서쪽 저편으로는 위도라는 섬이 보이고, 북쪽으로는 지금은 다리로 군산과 연결된 고군산 군도가 보인다. 너무나 아름다운 풍경에 절로 사진을 찍고 싶은 마음이 들 정도. 그런데 이런 장소에 사당이 있는 이유는 뭘까?

(위) 절벽 위 탁 트인 바닷가 서쪽 저편으로는 위도라는 섬이 보이고, 북쪽으로는 지금은 다리로 군산과 연결된 고군산 군도가 보인다. (아래) 바다가 보이는 곳에서 수성당으로 가는 길목이 아름답다. © Park Jongmoo

국립전주박물관 역사실에 전시 중인 부안 죽막동 제사 유적. 바다 쪽에서 찍은 커다란 사진과 함께 그곳에서 출토된 다양한 토기들이 전시되어 있다. ©Park Jongmoo

수성당. 이 건물 뒤쪽으로 제사 관련한 유물이 대거 출토되었다. 작은 사진은 수성당 내부. ©Park Jongmoo

수성당 건물 뒤쪽에서 제사 관련한 유물이 대거 출토되면서 1992년부터 발굴 조사에 들어갔다. 그리고 이 조사를 바탕으로 해당 지역을 '부안 죽막동 제사 유적'이라 명한다. 출토된 유적들은 국립전주 박물관 역사실에 전시 중이니 한번 볼까.

박물관에는 발굴 조사를 한 위치를 바다 쪽에서 찍은 사진이 크게 걸려 있고, 그 아래에 다양한 토기들이 전시되어 있다. 이 토기들이 발견된 장소가 바로 부안 죽막동 제사 유적, 즉 수성당 뒤쪽이다. 제사에 사용한 뒤 깨서 버렸기에 남은 유물들이다. 자세히 보면 토기 종류가 참으로 다양하다는 느낌을 받는데, 실제로도 마한, 백제, 가야, 통일 신라 등의 토기가 발견됨으로써 3세기 후반부터 9세기 통일 신라 시대까지 이 수성당 뒤쪽에서 제사가 꾸준히 이루어졌음을 알 수 있다. 물론 고려, 조선 시대 도자기도 소량 출토되었으니, 제사의 명맥은 이전에 비해 규모는 작아졌으나 계속 이어졌던 것으로 보인다.

이렇듯 수백 년에 걸친 제사를 통해 갈수록 신성한 장소로 부각되면서 이전처럼 밖에서 제사를 지내지 않게 되었다. 통일 신라 때부터는 아예 건물을 지어 바다 신을 모셨으니, 그 흔적이 현재의 수성당까지 이어진 것이다. 다만 여러 차례 고쳐 지으면서 수성당의 옛 원형은 찾아볼 수 없으며, 지금의 신당은 1973년 중수한 것이라는군.

부안 죽막동 제사 유적을 보건대 3세기 후반 마한 시대부터 바다에 대한 제사가 이루어졌는데, 이때 제사를 주관한 세력은 누구였을까? 물론 부안 지역의 마한 소국으로 지반국(支半國)이 있었지만, 남아 있는 유적의 양과 질로 볼 때 근처 바다와 접해 있고 한때 주변 최대 세력이기도 했던 고창 모로비리국의 영향력 역시 무척 컸을 것이다. 사실 부안과 고창 두 지역은 직선거리로 20㎞ 정도에 불과하니까.

시간이 흘러 4세기에 들어오자 이 지역 세력은 힘을 키운 한성백제 주도로 서해 바다를 통해 적극적으로 가야, 일본까지 외교를 확대하기 시작했다. 문제는 변산반도 주변 바다의 조류가 무척 빠르고 작은 섬들이 흩어져 있어 선박 사고가 나기 쉬운 장소라는 점. 특히 당시에는 항해술에 한계가 있어 육지에 가까운 바다를 따라 배를 이동했는데, 그러다 보니 변산반도 주변은 배가 정착하고 쉬면서 바다신에게 제사를 지내는 장소로 바뀌어가는 중이었다. 그 결과 4세기부터는 바다의 안전을 기원했던 백제와 마한의 토기가 제사 유적에 함께 등장하기 시작했다.

5세기에 들어서는 부안의 지반국 및 고창의 모로

비리국 등이 백제에 복속되었기에, 죽막동에서는 백제가 중심이 된 제사가 이어지는 중이었다. 그러나 고구려의 매서운 공격으로 475년 한성을 빼앗기고 여러 백제 왕이 왕위 계승을 둘러싼 지배 세력 사이의 갈등 속에서 암살당하는 등 혼란이 이어지자, 백제의 통제력이 약화된 틈을 놓치지 않고 대가야, 일본이 적극적으로 이곳 바다를 사용하고자 했다. 5세기 초중반부터 일본은 바다 건너 중국 남조로 사신을 보냈고, 대가야 역시 중국 남조로 사신을 보냈다. 그 결과 479년에 대가야의 하지왕(荷知王)은 보국장군본국왕(輔國將軍本國王)이라는 중국식 작호를 받아온다. 백제가 그랬듯이 중국과의 직접 통교를 통해 외교적 권위를 얻은 것이다.

> 건원(建元) 원년(479년) 국왕 하지가 사신을 보내와 방물을 바쳤다. 이에 조서를 내리기를 "널리 헤아려 비로소 조정에 왔으니 멀리 있는 이(夷)가 두루 덕에 감화됨이라. 가라왕 하지(荷知)는 먼 동쪽 바다 밖에서 폐백을 받들고 관문을 두드렸으니, 보국장군(輔國將軍) 본국왕(本國王)의 벼슬을 제수함이 합당하도다."라 하였다.
>
> 《남제서》 동남이열전 가라

이때 가야, 일본은 본래 백제 영토였던 부안을 지나 바다를 건너 중국으로 갔기에 부안 죽막동 제사 유적에는 백제 유물뿐만 아니라 대가야 토기 및 일본 제사 도구까지 등장하기에 이른다. 제사 규모 역시 세 나라가 경쟁한 만큼 이전에 비해 훨씬 커져갔다.

바로 이 시점, 즉 5세기 중후반에 조성된 고창 봉덕리 1호분 4호 석실에서는 백제로부터 하사 받은 금동신발, 그리고 중국 청자와 일본 토기 등이 발견되었으니, 이는 마침 부안 죽막동 제사 유적의 유물에 대가야, 일본 유물이 등장하는 등 새로운 변화가 만들어지는 시점과도 연결될 수 있겠다. 즉, 당시 고창 지역을 지배하던 세력은 마침 백제의 힘이 약화된 틈을 타 가야와 일본이 적극적으로 접근해오자 절로 몸값이 높아졌던 것이다. 이에 소위 '러브 콜'을 받으면서 다양한 유물을 받을 수 있는 좋은 기회가 만들어졌음을 알 수 있다.

그렇다면 질과 크기가 남다른 중국 청자는 백제가 고창 세력의 적극적 지지를 받아내기 위해 금동신발과 함께 준 것으로 파악할 수 있겠으며, 일본계 토기는 일본이 바다를 이용하는 대가로 역시 고창 세력에게 준 것으로 파악할 수 있겠다. 그뿐만 아니라 고창 봉덕리 고분군에서 출토된 큰칼은 장식으로 조각된 용 디자인이 왠지 백제보다 대가야 지역에서 출토된 것과 무척 닮았거든. 즉, 백제에서 제작했다는 기존의 의견과 달리 대가야 물건일 가능성도 충분히 있다.

이와 유사한 모습은 전라북도 가장 서쪽에 위치한 고창뿐만 아니라 전라북도 가장 동쪽에 위치한 남원에서도 등장했다. 남원에서는 5~6세기에 대가야의 영향을 받아 만들어진 고분이 대거 발견되었는데, 조사를 해보니 남원의 고분에서도 가야 유물뿐만 아니라 중국 도자기, 백제 금동신발, 일본 유물 등이 출토된 것이다.

이렇듯 고고학적 조사와 역사 기록에 따라 추정해보면 대가야는 소백산맥 서쪽을 적극 공략하여 남원을 영향력하에 두었다. 그리고 중국으로 사신을 파견할 때는 대가야 수도인 고령에서 출발해 남원을 거쳐 고창으로, 거기서 다시 부안으로 이동하여 바다를 건넜다. 마침 일본도 대가야가 확보한 길을 통해 중국으로 사신을 보낸다. 이에 백제 역시 남원 지역에 대한 영향력을 유지하기 위하여 고창에 했던 것처럼 선물 공세를 했던 것이다.

이처럼 한때 전라북도에는 백제도 함부로 하기 힘든 상당한 힘을 지녔던 세력이 존재했었다. 하지만 남하한 백제가 본실력을 서서히 회복하자 다시금 이 지역은 강력해진 백제의 영향력 아래 들어갈 수밖에 없었다. 이에 6세기 중반부터 백제가 멸망하는 7세기까지는 주로 백제 토기가 부안 죽막동 제사에서 사용되었으니, 주변 지역과 국가 간 외교력에 있어 백제의 장악력이 완벽히 복구되었음을 보여준다. 특히 고창 오호리 고분에서는 "O義將軍之印(O의 장군의 도장)"이라고 새겨진 청동도장이 발견되기도 했기에, 이 역시 백제의 중앙 집권화를 통한 지방 통치의 한 단면을 보여준다 하겠다.

여기까지 전라북도 지역의 백제 시대 역사를 간략히 살펴보았다. 다만 고창이 지금은 전라북도이나, 통일 신라 때만 해도 무진주 소속이었으니 지금으로 치면 전라남도에 소속된 지역이었다는 사실. 그 뒤로 고려, 조선 시기를 지나 1906년에 이르러서야 비로소 고창이 전라북도로 편성된다. 어쨌든 지금은 고창이 전라북도이기에 국립전주박물관에서 고창 봉덕리 금동신발을 만날 수 있군. 만일 1906년에 소속이 바뀌지 않았다면 국립광주박물관에서 만날 뻔했네. 지난날 고창의 소속이 변경된 게 오늘날 국립전주박물관에게는 행운이 된 셈이다.

자~ 다음은 통일 신라 시기인데. 음. 그렇다면 이제 부안 죽막동 제사 유적 옆에 전시된 유물을 볼 차례인가?

통일 신라와 전주

여행 첫 시작에 전주라는 이름을 소개하며 오랜 신라의 서쪽 진출이 이곳까지 이르렀음을 이야기했다. 그렇게 신라는 당나라와의 전쟁에서 승리하여 백제 영역을 완벽히 장악한 후, 현재의 전라북도 지역을 통치하기 위해 전주에 지방 정부 소재지를 만든다. 이렇게 어떤 지역의 행정 사무를 맡아보는 기관이 있는 곳을 치소(治所)라 하는데, 박물관이나 역사책에 종종 이 용어가 나오거든. 다스릴 치(治)와 장소 소(所)를 합친 말이다. 그러니 이제부터 박물관 설명에 '치소'가 등장하면 어려워 말고 간단히 행정 타운이라 이해하자.

다만 신라가 전주에 행정 타운을 만들기 전까지,

즉 마한과 백제 시대까지는 전주에 어떤 소국이 존재했었고 발전을 이어갔는지는 상세히 알 수 없다. 중심지에서 살짝 빗겨난 장소였던 것은 분명해 보인다. 그러다 신라가 전주를 적극 발전시키면서 빠르게 지역 중심지로 올라서기 시작한 것이다.

그렇다면 신라는 왜 전주에 특별히 관심을 두었을까?

백제는 6세기에 대가야를 둔 경쟁에서 신라에게 패했고, 그 결과 대가야는 신라에 합병된다. 그러나 백제 무왕(武王, 재위 600~641년) 때 다시금 백제는 적극적으로 소백산맥 동쪽으로 병력을 보내어 신라와 대결에 임했다. 한강 유역 확보라는 꿈을 잠시 뒤로하고, 그 대신 562년 신라에게 멸망한 대가야 지역을 백제 영역으로 확보하는 데 힘을 쏟은 것이다. 그 과정에서 무왕은 전주 북서쪽에 위치한 익산에 수도급 위상을 부여한 뒤 대형 사찰을 여럿 세웠으니, 이것이 바로 현재까지 그 흔적이 남아 있는 미륵사와 왕궁리 유적이라 하겠다. 그만큼 익산이 옛 대가야 지역 진출에 대한 지원 및 후방 지지에 매우 중요한 자리였기 때문. 이는 곧 백제의 중심권이 현재의 충청도에서 전라북도 일부까지 확대되었음을 의미하기도 했다.

그러나 660년 백제가 멸망하자, 반대로 신라가

옛 대가야 지역을 거쳐 소백산맥을 넘은 후 백제 영토로 진입하게 된다. 그 과정에서 신라는 무왕이 만든 익산의 신도시 근처에 신라의 신도시 전주를 새롭게 구축하여 이 지역 세력을 재편시키고자 했다. 즉, 익산에서 전주로 중심을 옮겨 힘의 균형추를 신라로 옮겨오도록 만든 것이다.

그 대신 익산에는 668년 고구려 멸망 후 부흥군을 이끌던 안승(安勝)이 머물도록 했다. 당시 신라 문무왕은 고구려 후손들이 세운 보덕국(報德國)을 신라의 제후국, 즉 속국으로 만든 뒤 익산을 수도로 삼도록 했으니까. 그렇게 익산에 머문 고구려 후손들은 신라를 도와 충청도, 전라도 지역에 있던 당나라 군대와 당나라에 포섭된 백제 귀족에 대항했다.

시간이 지나 나당 전쟁에서 신라가 최종 승리하자, 안승은 신라 왕의 명에 따라 김씨 성을 받고 진골 신분이 되어 경주로 이주하게 된다. 그러나 신라가 점차 자신들의 독립성을 인정하지 않으니, 보덕국의 고구려인들이 불만을 품고 난을 일으켰다. 이에 684년, 보덕국을 정벌한 신라는 익산에 살던 고구려인들을 남원 등 타 지역으로 대거 이주시켜버렸다. 이렇게 한때 백제 무왕이 건설한 신도시 익산은 행정을 대신할 전주의 등장, 백제를 대신하는 고구려 지배층의 대거 이주, 나당 전쟁 후 고구려 지배층 흔적 지우기 등 신라의 계속된 노력으로 힘을 거의 다 소진하고 만 것이다.

덕분에 신라 주도로 만들어진 전주는 익산을 대신하여 전라북도를 통치하는 중심지로 자리 잡게 된다. 또한 신라는 남원에는 5소경 중 하나인 남원경을 설치했으니, 이로써 소백산맥 입구에 위치한 남원을 통해 전주에서 경주까지 이어지는 교통로가 발전했다. 전주–남원–고령–대구–경주로의 연결이 그것이다. 이렇듯 신라는 자신들이 만든 신도시 전주와 수도 경주 간 교통로를 재정비하여 전라북도 지역에 대한 통제권을 완벽히 확보했던 것이다.

하지만 강력했던 신라의 지배력도 시간이 지나자 서서히 한계에 봉착했으니, 드디어 후삼국 시대와 함께 전주에 견훤이 등장하니까.

견훤과 전주

고구려, 백제를 통합하고 세계 최강국인 당나라까지 이겨낸 신라의 삼한일통도 200여 년이 지나니 한낱 위대했던 전설로만 남는다. 후반기에 이른 신라는 전성기의 힘을 잃고 갈수록 혼란 속에 빠져들어 갔다. 어느 순간부터 바다에는 해적이 수시로 출몰하고 육지에는 도적이 횡행하는 시대를 맞이한 것이다. 이에 생존이 급해진 백성들은 멀고 먼 경주가 아니라 지금 당장 자신들을 보호해줄 지방 호족에게 몰려들었으며, 그 결과 지역 곳곳마다 호족들이 권력을 장악하는 지방 할거 시대가 열렸다. 이때 한 청년이 큰 꿈을 지니고 전라도 지역에 등장했으니, 그가 바로 견훤이다.

그는 매우 독특한 이력을 지닌 인물로, 후백제를 자신의 손으로 세우고 나중에는 직접 멸망까지 시킨 영웅이기도 하지. 고금을 통틀어 나라를 세운 인물은 많아도 자신이 세운 나라를 직접 멸망시킨 인물은 거의 없다는 점에서 세계사에 유일무이하게 남을 인물이다. 물론 내가 특별히 좋아하는 한반도 인물 중 한 명이기도 하다. 개인적으로 좋아하는 인물의 순위를 매겨보자면 문무왕, 김유신, 왕건, 세종대왕, 이성계 다음이 견훤이다. 이 뒤로는 원효, 황희, 이순신, 최영, 강감찬, 이사부, 김종서, 장보고, 사명 대사 순으로 이어지거든.

다시 이야기로 돌아와서 국립전주박물관 역사실 거의 마지막 부분에는 견훤과 후백제 유물이 전시되어 있다. 이때는 전주가 다름 아닌 후백제의 수도였으니까. 물론 후백제가 견훤과 신검의 2대 45년이라는 짧은 기간 존속했기에 연결시킬 수 있는 유물 역시 한정적이지만, 그럼에도 그동안 여러 대학 및 박물관의 소속 연구자들이 누구보다 열심히 조사한 결과물이라 하겠다.

한번 볼까? 전라북도 유형문화재 제247호 편운화상부도(片雲和尙浮屠)의 탁본이 보이고. 광양의 마로산성 출토 유물 중 말 조각과 기와가 보이고. 전주의 동고산성 출토 유물 중 '전주성(全州城)'이 새겨진 수막새가 보이고. 광주의 무진고성 출토 유물 중 봉황무늬 수막새(鳳凰文圓瓦當)가 보이고. 장수의 침령산성 출토 유물이 보이고.

이처럼 견훤과 연결되는 여러 지역의 유물을 잘 배치해놓았다. 그런데 이 시대 유물을 가만 보다보니 갑자기 이번 여행의 목표가 선명하게 정해진 것 같다. 그래. 바로 그거야. 견훤이다. 전주에 자주 오기는 했으나 적극적으로 견훤 이야기를 추적해본

적은 별로 없는 것 같거든. 쇠뿔도 단김에 빼라고 이참에 전주와 전주 주변의 견훤 유적을 한번 쭉 돌아볼까? 그렇다면 앞에 언급된 유물에 대한 설명은 나중에 관련 유적지에 가서 해야겠다.

갑작스러운 결심과 함께 역사실을 나온 뒤 국립전주박물관 2층 전시실로 빠르게 올라갔다. 2층에는 불상, 고려청자, 조선 시대 작품 등이 보이는데 갑작스럽게 견훤에게 꽂인 후 흥미가 떨어졌는지 자세히 뜯어보던 역사실과 달리 휙휙 지나간다. 다만 2층 전주와 조선왕조실 정면에 당당히 등장하는 이성계 어진만 시간을 들여 자세히 본다.

조선을 세운 이성계. 그는 지금의 대중들에게도 놀라운 솜씨의 명궁으로 잘 알려진 인물로, 통일 신라에 이어 새로운 한반도 전성기를 이룩한 고려가 오랜 세월을 못 이기고 무너지던 14세기에 혜성처럼 등장했다. 고려 말의 대혼란 속에 한반도의 남과 북으로 외적이 끊임없이 쳐들어오며 백성들이 죽임을 당할 때 명장 최영과 더불어 여러 차례 큰 승리를 거두며 공을 세웠으니까. 그리고 이때 세운 업적을 바탕으로 어지러웠던 고려 말을 마무리하고 조선이라는 나라를 건국한다.

현재 국립전주박물관에서 볼 수 있는 이성계 어진은 조선 시대 회화 방식 그대로 모사한 현대 작품이나, 국보로 지정된 어진과 완벽하게 동일하게 그려졌으니 그 에너지 역시 동일하게 느껴졌다. 특히 당당한 어깨와 많은 경험에서 우러나오는 담담한 표정은 과연 왕이 되기 전 무장으로서 남다른 경력을 지닌 인물다워 보인다. 한편 전주는 본관이 전주 이씨인 이성계와 남다른 인연이 있다. 조선 시대에 26점이나 그려진 이성계 어진 중 오랜 세월 동안 오직 전주 경기전에서 보관하고 있는 어진 하나만이 지금까지 살아남았기에 이에 대한 자부심이 남다르니까. 26점 중 유일하게 지켜낸 1점이면 무려 3.8% 확률이니 대단한 자부심을 가질 만한 일이지. 암.

이성계 어진을 계속 보다보니, 견훤에 꽂힌 데 이어 또다시 번개처럼 생각이 지나갔다. 그래. 견훤과 이성계다. 바로 그거였어. 하하. 멋진 아이디어네.

3

견훤과 이성계

도플갱어

도플갱어라는 용어를 들어본 적이 있을 것이다. 누군가와 닮은 또는 똑같이 생긴 사람을 의미하는데, 매우 흥미로운 주제라 영화나 소설 등에도 자주 응용되었지. 나는 매우 평범한 외모를 지니고 있어 그런지 처음 본 사람들도 어디서 나를 본 적이 있는 것 같다고 말하는 경우가 무척 많다. 그럴 때마다 "혹시 도플갱어 만난 것 아닐까요?"라며 농담 삼아 이야기했었는데, 글쎄다. 정말 내 도플갱어였을까?

도플갱어란 독일어로 '이중으로 돌아다니는 자'라는 뜻이라 한다. 음. 어쩌다 독일어가 한국에서까지 이처럼 유명해진 것일까? 그 부분에 대한 이야기는 잘 모르니 넘어가고. 여하튼 내가 도플갱어를 이야기한 이유는 그만큼 견훤과 이성계 인생이 무척 닮았기 때문이다.

1. 우선 둘 다 호족 출신의 아버지가 있었고
2. 젊은 날 무장으로 등장하면서 큰 공을 세웠으며
3. 전주와 남다른 인연이 있는 데다가
4. 각기 신라 말과 고려 말이라는 변혁기 때 활약했고
5. 각기 최승우, 정도전이라는 당대를 대표하는 문인을 옆에 두었으며
6. 한 국가를 창립한 후 왕이 된 데다
7. 해당 국가는 각기 과거 국가의 이름을 그대로 가져온 경우였다. 백제→후백제, 고조선→조선
8. 둘 다 아들의 반란으로 왕위를 빼앗겼다. 그런데 두 사람 모두 공교롭게도 장자가 아닌 후처의 아들에게 왕위를 물려주려 하다 생긴 변이었다. 그리고 왕위를 뺏은 아들에 대한 복수를 감행한다.
9. 둘 다 불교를 믿었으며, 인생 말년에 특히 사찰과 인연이 깊다.
10. 둘 다 당시로는 장수한 70세 가까이에 죽음을 맞이한다. 견훤 70세, 이성계 73세

이렇듯 기묘하게 닮은 인생을 살았거든. 그동안

은 이처럼 두 사람을 직접적으로 연결해본 적이 없었는데, 삶의 궤적을 쭉 나열해보니 정말 묘하네. 혹시 시대를 달리한 도플갱어일까? 아님 전생과 후생? 그렇다면 전주에 온 김에 이번 여행에서는 견훤의 인생을 추적해보면서 자연스럽게 이성계의 활약도 함께 살펴보기로 하자.

견훤은 지금도 국가 표준 영정이 없는 상황인데, 그래서인지 그의 이미지는 2000~2002년 KBS에서 방영한 드라마 〈태조 왕건〉 속 견훤, 즉 서인석 배우가 연기한 견훤 모습이 여전히 강하게 남아 있다. 오죽하면 SNS에서도 과거 서인석 배우가 연기한 견훤이 "또 졌어."라는 밈(meme)으로 여전히 인기를 얻고 있으니까.

하지만 이성계와의 닮은꼴 인생을 확인한 만큼 나는 이번에는 이성계 어진을 통해 견훤의 이미지를 상상해보려 한다. 나이 20대에 이미 남해안 해적을 상대로 큰 공을 세운 견훤의 무력과 카리스마는 분명 이성계 못지않게 당당한 풍채와 위용에서 나왔을 테니까.

그럼 내친김에 다음 행선지는 경기전으로 할까? 아 참, 하절기에는 저녁 7시까지 입장할 수 있으니까, 지금 시간이, 음, 오후 5시 12분이로군. 좋아. 지금 출발해도 방문 가능하다.

경기전 가는 길

박물관 앞에서 버스를 타고 경기전(慶基殿)으로 가는 길이다. 경기전은 경사로운(慶) 터(基)를 위한 궁궐(殿)이라는 의미를 지니고 있으며, 정식 명칭은 '전주 경기전' 이다. 전주가 이성계의 시조가 난 곳, 즉 전주 이씨의 뿌리가 시작된 곳임을 강조하기 위해 지어진 이름이다. 가끔 경기도와 연관 짓는 경우도 있는데, 사실 경기도와는 아무 상관이 없다. 예를 들면 "왜 경기도가 아니라 전주에 경기전이 있지?" 라는 질문과 SNS에 종종 보이는 "경기도 사람이 방문한 경기전" 등의 제목이 있겠다. 그러나 경기도의 '경기(京畿)' 는 서울(京)의 주변(畿)을 의미한다. 엉? 가만 생각해보니 나도 경기도 사람인데, 오늘 전주 경기전을 가는 중이잖아? 묘하네. 아. 왜 이러지. 정신 차리자.

다만 이성계의 아들 태종 이방원에 의해 1410년 처음 전주에 건물이 지어졌을 때만 해도 단순히 어용전(御容殿)이라는 이름이었다. 말 그대로 어진이 모셔진 궁궐이라는 의미. 이를 세종 때 경기전이라 이름을 고쳤던 것이다. 덕분에 깊은 의미와 상상력이 함께하는 지금의 멋진 이름이 등장했군.

한편 경기전은 조선을 건국한 태조 이성계를 위해 만들어진 사당이자 전주의 상징적 건물이기도 하지. 그뿐만 아니라 앞서 이야기했듯 조선 시대에 그려진 이성계의 어진 중 유일하게 남은 작품이 보관된 장소이기도 하다.

그럼 버스를 타고 가는 동안 이성계와 닮은 인생이었던 견훤의 초반 인생을 살펴볼까?

> 장성하자 생김이 뛰어났으며, 뜻이 크고 기개가 있어 평범하지 않았다. 군대를 따라 왕경에 들어갔다. 후에 서남 해안에 가서 국경을 지켰는데, 창을 베고 자면서 적을 기다렸고, 그의 용기는 항상 군사들 중 첫째였다. 그런 노고로 비장(裨將)이 되었다.
>
> 《삼국사기》 열전 견훤

견훤은 신라 말기이던 867년 상주(尙州: 지금의 경상북도 문경)에서 호족 아자개의 아들로 태어났다. 그는 젊은 나이에 신라의 왕경, 즉 경주로 가게 된다. 신라는 오랜 기간 지방 유력자 자제를 경주로 불러들여 일정 시간 활동하도록 하는 상수리(上守吏) 제도를 운영하고 있었다. 이를 통해 지방 세력의 자제를 볼모로 경주에 머물게 하는 동시에 중앙 정치를 경험하게 하여 경주와 연결될 고리를 만들고자 한 것이다. 견훤 역시 호족의 자제였기에 혈혈단신으로 경주에 온 것이 아니라, 자신을 따르는 고향의 여러 부하들과 함께 당당히 왔을 것이다.

이후 견훤은 병역의 의무 때문이었는지 아니면 본인의 의사였는지 전라도 서남 해안으로 가서 군인으로 계속 활동했는데, 이때 신라의 해안에는 해적이 창궐하여 골치 아픈 상황이었다. 이 해적들을 신라구(新羅寇) 또는 신라 해적이라 부르는데, 한국에는 관련 기록이 파편처럼 남아 찾아보기 힘드나 일본에는 이들에 대한 정말 많은 기록이 구체적으로 남아 있다. 역시 때린 기억은 잊어도 맞은 기억은 오래 남는 법. 당시 일본은 신라 해적 때문에 갈수록 피해가 누적되고 있었으니, 쓰시마섬과 규슈 등으로 많으면 수천에 이르는 해적들이 침범하여 사람을 죽이고 민가를 불태우며 재산을 빼앗았기 때문이다. 오죽하면 규슈 지역은 한때 사람이 살기 힘든 지역이 되었고, 일본에서는 정규군을 모아 적극적으로 해적을 소탕하고자 했으나 그럼에도 신라 해적의 침략은 계속 이어졌다.

신라에서 해적이 출몰했던 원인은 신라 내부에 있었다. 신라 정부는 해적을 제압하기 시작했고, 이때 남다른 용력이 있던 견훤은 전라도 서남 해안에서 군인으로 활동했던 것이다. 견훤은 창을 베고 자면서 적을 기다렸고, 용기는 항상 군사들 중 첫째였다. 그 결과 노고를 인정받아 비장(裨將)이 되었다. 비장은 지방 장관이 데리고 다니던 막료를 의미한다. 신라 시대에 전라남도는 무주(武州)라 불렀으며, 수도 경주에서 장관급 인사인 무주도독(武州都督)이 파견되어 관리하고 있었거든. 즉, 견훤은 큰 공을 세운 후 무주도독 바로 옆에 위치하는 고위 장교로서 인정받았던 것이다.

하지만 견훤은 서남 해안에서 해적을 퇴치하며 높은 공을 인정받자 더 높은 꿈을 꾸게 되었으니. 그 꿈은 남들이 감히 생각하지 못할 매우 비범한 내용이었다.

경기전과 전동성당

버스에서 내려 빠른 걸음으로 이동한다. 시간을 확인하니, 벌써 오후 6시 14분이라 입장하여 빠르게 구경하고 나오면 경기전이 문 닫는 7시가 될 듯하다. 문 닫기 30분 전까지만 입장이 가능하거든. 하루가 참 짧군.

그렇게 "태조로"라 이름이 붙여진 거리로 들어오자 왼쪽으로는 경기전이 오른쪽으로는 전동성당이 등장한다. 두 곳 모두 전주를 상징하는 매력적인 공간이 아닐까? 그런데 한편으로는 익숙하면서도 조금 이질적인 느낌도 드네. 그래서 지금까지의 익숙함을 걷어내고 과거의 기준으로 한번 생각해보려 한다. 조선을 창립한 태조 이성계의 어진이 보관되어 있는 조선의 신전 경기전과 근대에 서양 문물의 전파를 통해 건립된 하느님의 신전 전동성당이 함께하고 있다니. 이는 곧 한때 동양과 서양으로 나뉘어 구별되었던 두 개의 이질적 세계관이 한 공간에서 함께하는 상황인 것이다.

물론 서울에도 조선 궁궐과 명동성당이 사대문 안에 위치하지만, 둘 사이 거리가 그래도 1.7㎞ 정도 떨어져 있다. 광화문에 위치한 대한성공회 서울 주교좌 성당도 경복궁과 1㎞ 정도 떨어져 있다. 반면 이곳은 넘어지면 코 닿을 곳에 함께하고 있기에, 마치 서울 사대문 풍경을 그대로 축소하여 전주에 옮겨놓은 느낌이다. 그렇게 보니 서울의 남대문은 전주의 풍남문으로, 서울의 북촌 한옥마을은 전주 한옥마을로 연결할 수 있네. 서울과 전주가 완벽하게 닮은꼴을 이루는 듯.

그러나 놀라운 발견에 따른 감탄도 잠시. 사실 이럴 수밖에 없는 것이 과거 조선 시대 전주의 중심지였던 이곳은 서울의 사대문 안을 그대로 축소하여 구성된 전주 읍성이 위치했던 곳이기 때문이다. 하지만 지금은 전주 읍성이 사라졌으니, 일제 강점기 때 폐성령(廢城令)에 의해 1907년부터 1911년까지 도로 확장과 건설을 명분으로 남문이란 상징성을 지닌 풍남문을 제외한 모든 성을 없애버린 결과다.

18세기 전주 읍성 지도. 전주 읍성과 문은 사라지고 지금은 풍남문만 남아 있다.

성은 사라졌어도 그 흔적은 여전히 남아 있다. 풍남문부터 출발하여 지금 내가 서 있는 이 길, 바로 태조로를 따라 과거에는 전주 읍성이 쭉 연결되었으니까. 그러다가 성은 경기전 동쪽 끝과 전주중앙초등학교 사이의 길, 즉 현재는 "경기전길"이라 이름 붙여진 길을 따라 북쪽으로 쭉 이어졌다. 그렇다. 예전에는 전주 읍성 안의 동남쪽 가장 끝 모서리에 경기전이 위치했던 것.

이렇게 과거의 눈으로 그려보니, 전동성당은 전주 읍성 밖에 위치하고 있었네. 또한 전동성당이 서 있는 장소는 경기전에 비해 전주 읍성의 남문인 풍남문과 거리상 좀 더 가까운 장소라 하겠다. 조선 시대만 하더라도 풍남문 밖으로 나와 동쪽으로 조금 걸어가면 바로 나오는 장소가 현재의 전동성당이라는 의미. 조선 시대 천주교 박해가 있었던 1791년, 윤지충과 권상연 등 천주교인들이 성문 밖으로 끌려가 참수를 당했던 순교지를 1891년, 즉 딱 100년이 지나 매입한 후 전동성당을 건설했기 때문이다. 1886년 조선과 프랑스가 수교하면서 비로소 천주교 신앙의 자유가 허용되었기에 가능한 일이었다.

전동성당은 토지 매입 후 1908년부터 본격적으로 건설되었는데, 마침 일본의 읍성 철거로 인해 성당이 점차 높아질수록 경기전과의 경계선이 차츰

전동성당. ©Park Jongmoo

사라지는 장관이 만들어졌다. 이때 전동성당은 헐린 전주 읍성의 돌들을 옮겨와 주춧돌로 사용했으니, 전동성당 가장 아래 부분에는 성벽의 돌이 여전히 남아 있네. 과거 죽음을 당한 천주교인에 대한 의리를 이처럼 보여준 것이다. 성 밖에서 신앙을 지키기 위하여 목숨을 바친 사람들의 희생을 시간이 아무리 지나도 잊지 않겠다는 의지라 하겠지. 같은 종교를 믿는 사람들이든 정치적 동지 관계이든, 심지어는 형제나 친구 간에도 의리가 있어야 한다. 암. 그래서 나는 전동성당을 의리의 성당이라 인식하고 있다. 그렇게 전주 읍성이 완전히 헐리고난 지 불과 3년이 지난 1914년, 드디어 전동성당의 외형 공사가 마무리되었다.

하나 더 흥미로운 점은 전동성당과 그 부속 건물의 문이 북쪽을 향해 열려 있다는 것. 조선 시대 신전이었던 경기전이 남쪽을 향해 문을 열어둔 것과 대비되는 장면이다. 마치 서로 문을 열고 대립하는 형상인데, 당연히 당시 천주교 측에서 의도한 디자인이라 할 수 있겠다. 물론 1910년 일본에 의해 조선이 망하면서 태조 이성계의 권위마저 예전 같지 않았기에 벌어진 모습이 아닐까? 결국 태조 이성계는 전주에 있던 자신의 초상화를 통해 자신이 세운 나라가 망하는 순간까지 확인했던 것이다.

경기전. ©Park Jongmoo

이처럼 전주는 나로 하여금 백제 말기→통일신라 말기→고려 말기→조선 말기의 이야기를 함께 읽을 수 있는 독특한 공간이다. 한 시대가 마감한 뒤에는 반드시 새로운 시대가 오기에, 이는 곧 전주에 오면 새로운 시대의 희망 역시 읽을 수 있다는 의미이기도 하지. 이렇듯 오랜 역사의 도시인 만큼 참으로 많은 이야기가 쌓이고 쌓여 지금의 모습을 구성한 것. 바로 이것이 나를 매번 전주에 오게 만드는 또 다른 매력이라 하겠다.

경기전으로 들어서다

표를 끊고 경기전 안으로 들어오니, 검은 벽돌을 깐 길이 쭉 앞으로 이어지고 중간에 홍살문이 세워져 있네. 붉은색으로 칠한 굵은 나무 기둥 두 개가 마치 문처럼 세워져 있고, 상단에는 지붕 없이 삐쭉삐쭉한 창살이 쭉 세워져 있다. 이때 창살 모양은 화살을 의미한다. 맨 위 가운데에는 태극무늬 위로 삼지창이 붙어 있다. 전형적인 홍살문 형태다.

홍살문은 한자로 나쁜 기운을 의미하는 살(煞)을 붙여 홍살문(紅煞門)으로 쓰기보다는 주로 홍전문(紅箭門) 또는 홍문(紅門)이라고 쓰고 홍살문이라 읽는다. 이때 전(箭)은 역시나 화살을 의미한다. 아무래도 살(煞)이라는 한자가 강하고 안 좋은 느낌을 포함하고 있어서 그 대신 전(箭)을 쓰는가봄. 홍살문의 붉은색은 악귀를 물리치는 색이며, 화살과 삼지창은 나쁜 액운과 귀신이 가까이 오면 공격하겠다는 의미를 지니고 있다. 마치 성(城)처럼 지키며 건들면 강력하게 반격하겠다는 의도를 분명히 보여주고 있는 것이다. 이런 방식으로 중요한 시설이나 신성시되는 공간을 나쁜 기운으로부터 막고자 했다.

그렇다면 홍살문을 지나면 나쁜 기운으로부터 보호받고 있는 신성한 공간으로 들어간다는 의미다. 들어가보자. 검은 벽돌을 깐 길을 따라 쭉 걸어가니, 기와로 지붕을 인 문 두 개를 더 거쳐 경기전 본전(本殿)에 도착한다. 즉, "홍살문–외삼문–내삼문–본전" 구조다. 본전에는 태조 이성계의 어진이 봉안되어 있다. 1410년에 창건된 경기전은 1597년 정유재란 때 불에 타서 사라졌고, 현재의 건물은 1614년에 중건한 것으로 조선 중기의 역사 깊은 건물이라 하겠다.

본전 건물은 그리 크지 않으나 마치 조선 궁궐의 정전을 축소하여 보여주는 느낌이다. 돌 기단 옆으로 올라서 건물 내부를 보자 중앙에 태조 이성계의 어진이 반기고 있네. 어좌(御座)에 앉은 왕이 여러 신하의 하례를 받고 집무를 하는 모습이라 하겠다. 어진 앞으로는 탁자가 놓여 있고, 그 양옆 거치대에

(위) 경기전 안 홍살문. (아래) 태조 이성계의 어진이 봉안되어 있는 본전. ©Park Jongmoo

어좌(御座)에 앉은 왕이 여러 신하의 하례를 받고 집무를 하는 모습이라 하겠다. 어진 앞으로는 탁자가 놓여 있고, 그 양옆 거치대에 기다란 칼 두 자루가 당당하게 세워져 있다. ©Park Jongmoo

기다란 칼 두 자루가 당당하게 세워져 있다. 이는 이성계가 사용했다는 전설의 전어도(傳御刀)를 재현한 칼이다.

전어도는 한자 표현 그대로 왕이 사용했다고 전해지는 칼로, 고려 말에서 조선 초 도검의 양식이라 하더군. 길이 146cm에 칼자루 끝에는 용의 머리가 조각되어 있다. 또한 조사 결과 손잡이에는 상어 가죽을 입혔다고 한다. 조사 결과라고? 맞다. 전어도는 국립고궁박물관이 소장하고 있는 정말로 존재하는 칼이다. 다만 이성계가 사용했다는 내용은 직접적 기록이 아니라 전설로 남아 있을 뿐. 이를 바탕으로 재현한 칼이 이곳 경기전에도 전시되어 이성계를 기리고 있는 것이다.

멋지다, 멋져. 경기전 본전 내부를 보며 저절로 감탄사가 나왔다. 마치 살아 있는 왕처럼 대우하는 모습은 조선을 거쳐 현대에 들어와도 여전하니, 이것이 바로 한 국가를 세운 이에 대한 예우인가 싶군. 참고로 경기전에서 현재 내가 보고 있는 이성계 어진은 조선 시대에 그려진 어진, 즉 국보로 지정된 것이 아니다. 아까 국립전주박물관에서 본 것과 마찬가지로 현대에 모사된 작품 중 하나다. 진본은 보통 1년에 한 번씩 정해진 기간에만 선보이고 있으며, 진본이 공개될 때에는 뉴스를 통해 널리 알리기에 관심을 꾸준히 두고 있다면 그때 시간 맞추어 전주로 오면 된다.

당연히 나는 진본을 본 적이 있지만, 사실 진본 역시 조선 초의 것은 아니고 1872년에 새로 모사된 것이다. 지금은 사라진 구본은 1410년 이곳에 모셔진 후 임진왜란 때 정읍과 아산 등지로 피난시켰다가, 1597년 묘향산에 안치한 후 1614년 전주 경기전이 복구되자 다시 전주로 옮겨졌다. 그러다 병자호란 때는 전라북도 무주로 피난 갔다가 돌아왔으며, 1767년 전주에 무려 2300여 호의 집이 불타는 대화재가 났을 때는 전주 향교로 피난 가기도 했다. 참으로 다난한 경험을 한 태조 어진이었던 것이다.

그런데 조선 후기인 고종 시절, 오래된 구본이 낡아 8인의 화공에게 새로 모사하도록 하고 구본은 세초하여 땅에 묻었다. 이때 조선 초 그려진 형태 그대로 모사했기에 지금도 조선 초에 그려진 이성계의 모습을 확인할 수 있다. 다만 오래된 것을 새로운 것으로 바꾼 후 예에 따라 없애는 것은 조선의 풍습이었겠지만, 지금 눈으로 보면 참으로 아쉬운 느낌이 든다. 온갖 경험을 다 했던 구본이 지금도 남아 있었다면 더 많은 이야기를 우리에게 해줄 텐데 말이지.

조경묘

경기전 본전 구경을 끝내고 북쪽으로 조금 이동하니 홍살문 하나가 더 나온다. 그러나 홍살문 뒤에 위치한 문은 굳게 닫힌 상태. 이곳은 조경묘(肇慶廟)라 부르는 장소다. 시작된다는 의미를 지닌 조(肇), 경사로움을 뜻하는 경(慶), 사당을 뜻하는 묘(廟)가 합쳐져 만들어진 이름으로, 전주 이씨의 시조 이한(李翰)과 그의 부인 경주 김씨의 위패를 모신 사당이다. 참고로 이한의 부인 경주 김씨는 신라 태종 무열왕의 10세손 김은의(金殷義)의 딸이라 하더군.

1년에 딱 이틀만 공개적으로 문을 여는데, 매년 전주 이씨 종친회의 제사가 있는 전날부터 문을 열고 제사가 끝나면 문을 닫기 때문이다. 때를 잘 맞추어 들어가보면, 경기전보다 훨씬 작게 구성되어 있으며 태조의 어진이 있는 경기전 본전과 달리 이곳에는 위패가 있다. 이 위패의 글씨는 정조의 것으로, 정조가 세손 시절에 할아버지 영조의 명에 따라 "시조 고 신라 사공 신위(始祖考新羅司空神位)"와 "시조 비 경주 김씨 신위(始祖妣慶州金氏神位)"를 썼다.

> 조경묘(肇慶廟)의 위판(位版: 위패)이 완성되었다. 임금이 면복(冕服: 나라의 행사 때 입는 면류관과 곤룡포)을 갖추고 친히 자정전(資政殿: 경희궁 편전)의 동쪽 계단에 나아갔다. 세손(世孫)에게 명하여 '시조 고 신라 사공 신위(始祖考新羅司空神位)', '시조 비 경주 김씨 신위(始祖妣慶州金氏神位)'라 쓰게 하고, 자정전에 봉안하기를 마치고, 임금이 세손을 데리고 친히 전작례(奠酌禮: 왕이나 왕비가 못 되고 죽은 조상을 위한 제사)를 행하였다.
>
> 《조선왕조실록》 영조 47년(1771) 10월 16일

사실 영조 41년, 즉 1765년만 하더라도 종친 이육이 전주 이씨 시조 이한의 묘가 전주에 있으니 이를 단장하자며 상소를 했었다. 그러나 영조는 그 내용

이 분명치 않다고 하여 허락하지 않는다. 실제로 시조 이한의 무덤 위치는 정확히 알 수 없었기에, 누구보다 모범을 보여야 할 왕실인 만큼 함부로 묘를 만들 수 없었던 것.

당시 조선에서는 가문마다 시조 묘를 만든다며 주인을 알 수 없던 옛 무덤을 시조 묘로 단장하는 일이 경쟁적으로 이루어지고 있었다. 이에 몰래 조상과 연결될 만한 지석(誌石)을 만들어 묻어놓았다가, 마치 새로 발견한 것처럼 알리며 옛 무덤을 시조 묘로 만드는 경우까지 있었다. 이에 따른 사회적 비용과 문제도 당연히 심각했다. 한 개의 묘를 두고 여러 가문들이 서로 자신의 시조 묘라 주장하며 대립하다 소송을 하는 등 말이지.

하지만 이 기회에 영조는 묘를 대신하여 시조의 사당을 세우는 것은 필요하다 여기게 된다. 1762년 자신의 아들인 사도 세자를 뒤주 속에 가두어 굶어 죽게 한 영조는, 당시 사도 세자의 아들이자 자신의 손자인 세손에게 정통성 있는 왕위를 물려주는 방안을 고민 중이었다. 그렇게 여러 방법으로 세손을 지원하던 중, 전주 이씨의 시조를 높이는 일에 세손이 직접 참가하도록 했던 것이다. 이를 통해 사도 세자의 죽음으로 큰 상처를 입은 왕실의 정통성을 다시금 확립시키고, 더 나아가 그 과정에 세손도 할아버지인 자신과 함께했음을 보여주고 싶었다.

이날 조경묘의 위판을 받들어 전주(全州)로 갔다. 임금이 자정전(資政殿)에 나아가 작헌례(酌獻禮: 임금이 친히 지내던 제례)를 행하고, 가마를 타고 신주를 모신 가마를 뒤따라가며 서빙고(西氷庫) 나루에 도착하자, 신주를 모신 가마를 배에 모신 후 네 번 절하여 하직하고는 모래사장에 엎드린 채 오랫동안 목이 메어 울었다. 어가(御駕)를 돌려 관왕묘(關王廟)에 왕림하여 친히 제문(祭文)을 지어 제사를 지내게 하였다.

사신은 말한다. "지금 사공(司空: 이한)의 묘우(廟宇: 위패를 모신 집)를 전주(全州)에 처음으로 설치하는 일은 1천여 년 만에 있게 되었는데, 6일 동안 자정전(資政殿)에 아침마다 절하고 뵈었으니 이른 아침에 부모를 뵙고 안부를 살피는 일을 하는 것과 다름없었다. 이는 하늘에서 타고나신 효성이 아니라면 어찌 이와 같을 수 있겠는가?"

《조선왕조실록》 영조 47년(1771) 10월 22일

또한 경희궁 자정전에 위패를 모시는 6일 동안 영조는 마치 부모를 뵙는 것처럼 직접 아침마다 방문하여 위패의 격을 더욱 높인다. 이후 위패가 전주로 떠날 때가 되자 왕이 한강 바로 앞 서빙고 나루까지 따라와 인사를 드리고 헤어졌으니, 당연히 이때 세손도 함께 이 의식을 했을 것이다. 정조는 이로써 정통성 있는 왕가 후손으로서 조상을 높이는 데 남다른 공을 세울 수 있었다. 또한 이 과정을 할아버지와 함께했으니, 이를 통해 할아버지의 왕위를 물려받을 권위를 구축한다. 그로부터 5년 뒤인 1776년, 영조는 세상을 뜨고 정조가 왕위에 올랐다.

이런 과정을 통해 태조 이성계의 사당인 경기전 북쪽에는 이성계의 먼 조상인 이한(李翰)의 사당이 생긴 것이니, 이것이 다름 아닌 조경묘다. 한편 조선 왕실의 시조 묘에 대한 관심은 이 뒤로 계속 이어졌기에, 고종 때인 1899년에 드디어 지금의 전북대학교 북쪽에 조경단(肇慶壇)이 건립되기에 이른다. 여전히 정확한 묘의 위치는 알 수 없었기에 그 대신 단(壇)을 세워 제단을 만들고자 했던 것이다.

그런데 조경단을 만드는 과정에서 놀랍게도 "천보십삼재 구척하(天寶十三載 九尺下)"라고 새겨져 있는 지석이 발견되자, 고종은 정확한 시조 묘는 알 수 없으나 이 주변이 틀림없다 하여 아예 봉분까지 만든 후 묘역으로 삼아버렸다. '천보'는 중국 당나라 현종(玄宗)의 연호로, 천보 13년이면 754년에 해

경기전 본전 북쪽으로 홍살문 하나를 더 지나면 조경묘(肇慶廟)가 보인다. ©Park Jongmoo

당한다. 그렇다면 경주 이씨의 시조 이한은 8세기 중반 사람이라는 의미일까? 그런데 그의 부인은 7세기에 활동한 태종 무열왕의 10세손 김은의(金殷義)의 딸이라 하니, 최소한 9~10세기의 사람이라는 건데? 무엇보다 이 지석은 발굴된 경위, 시기 등이 정확히 남아 있지 않아 여러 의문을 주고 있는 것도 사실이다.

어쨌든 경기전뿐만 아니라 18~19세기에 걸쳐 오래전 전주에 살았던 전주 이씨 시조를 위한 사당과 묘까지 구성되면서, 전주는 관념적인 것을 넘어 실제적인 왕실의 고향으로 자리 잡게 된다. 우리에게 익숙한 "조선 왕실의 고향인 전주"라는 이미지가 바로 그것이지.

시간이 다 되어 이제 사람들이 경기전 밖으로 나가는군. 시간을 확인해보니 정말 7시 되기 직전이네. 그럼 나도 나가야겠다.

경기전에서 나와 편의점에서 산 토마토 주스를 마시며 전주 한옥마을을 슬쩍 한 바퀴 돌아본다. 일본이 전주 읍성을 헐면서 성내 중심 지역이었던 곳에는 일본인들이 들어와 살자, 조선인들은 성 밖 동쪽 영역에 근대식 한옥을 짓고 모여 살기 시작했다. 그렇게 점차적으로 이루어진 마을이 이곳 한옥마을이다. 지금은 한옥을 개조하여 카페, 레스토랑, 게스트 하우스 등 다양한 형태로 운영 중이다.

사람들이 참 많다. 길 따라 지나다니는 관광객이 어찌나 많은지 놀라울 따름이다. 이곳과 어울리게 한복을 입고 있는 사람도 눈에 자주 보이고 말이지.

전주 한옥마을.

후백제 왕이 된 견훤

이렇게 쭉 한 바퀴 구경하다보니 이번에는 견훤의 시조가 떠오른다. 태조 이성계가 왕이 된 후 이미 그의 직계 선조들 또한 높은 대우를 받았고, 더 나아가 18~19세기에 이르면 저 멀리 전주 이씨의 시조 이한까지 사당과 묘를 갖추게 되었는데, 이는 높아진 자손에 의해 만들어진 복이라 하겠다. 과거에는 이처럼 자손이 귀해지면 조상도 더불어 귀해지는 문화가 있었다. 그렇다면 견훤은 어땠을까?

견훤이 전라도 서남 해안에서 군인으로 활동하며 비장(裨將)까지 승진했음을 경기전에 들어가기 전 이야기했었다. 그 과정에서 견훤은 여러 경험을 통해 신라의 통제력이 더 이상 지속될 수 없다는 생각을 한 모양이다. 892년, 나라에 도둑 무리가 벌떼처럼 일어나고 백성들은 정처 없이 흩어지자, 이때를 기회로 삼아 견훤은 자신을 따르는 동료를 모아 서남 해안에서 당당히 하나의 세력으로 등장했다. 그러자 불과 한 달 만에 5000명의 무리가 그에게 모여든다. 견훤은 무주(武州), 즉 현재의 광주를 함락시키고 스스로를 다음과 같이 불렀다.

신라 서면도통 지휘병마제치 지절도독전무공등주군사 행전주자사 겸 어사중승 상주국 한남군 개국공 식읍이천호(新羅西面都統指揮兵馬制置持節都督全武公等州軍事行全州刺史兼御史中丞上柱國漢南郡開國公食邑二千戶)

스스로 부여한 관직이 너무나 긴데, 이를 나누어 해석해보면 다음과 같다.

신라 서면도통(新羅西面都統): 신라 서쪽을 관장하는 무관(武官)이자

지휘병마제치(指揮兵馬制置): 병사와 말을 지휘하는 인물이며

지절도독전무공등주군사(持節都督全武公等州軍事): 주(州)의 행정권을 맡은 도독으로서 전주(全

州), 무주(武州), 공주(公州)를 통치하고

행전주자사(行全州刺史): 전주의 지방관을 맡는다.

겸(兼): 이와 같은 지위와 함께 다음의 지위도 겸한다.

어사중승(御史中丞): 풍속을 교정하고 관리를 규찰, 탄핵하는 감찰권을 가지며

상주국(上柱國): 공신에게 부여하는 최고의 명예 지위인 상주국, 즉 나라(國)의 높은(上) 기둥(柱)이라는 관직을 지니고

한남군 개국공(漢南郡開國公): 한남군 지역을 식읍으로 하여 자신만의 신하를 두고 나라를 열 수 있는 공(公)의 위치이자

식읍이천호(食邑二千戶): 식읍 2000호를 보유한다.

이는 곧 함락시킨 무주, 즉 광주 지역을 시작으로 견훤이 가까운 시일 내 전주, 공주까지 통치하겠다는 의지를 보인 것으로, 우연치 않게 과거의 백제 영역과 일치했다. 당연히 우연이 아니라 의도적인 것이었겠지. 다만 아직은 눈치가 보였는지 직설적으로 왕(王)이라 일컫지는 못했고, 왕 바로 아래 지위인 공(公)에 스스로 오른다. 이렇듯 앞으로 백제 영

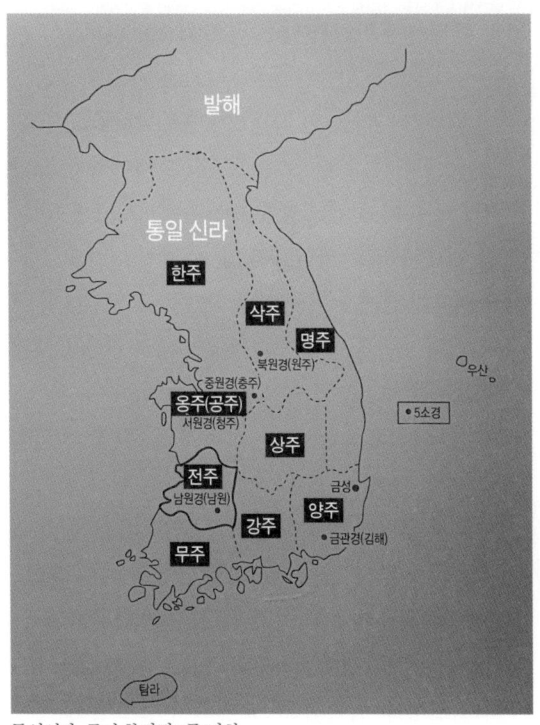

통일신라 중기 확정된 9주 명칭.

역을 완전히 장악하여 백제 왕에 오르겠다는 야심을 보이고 있을 때, 견훤의 나이 불과 스물다섯이었다.

그리고 8년이 지난 900년에 견훤은 드디어 목표했던 전주를 장악했으니, 이때 전주 사람들이 나와 크게 환영하자 다음과 같은 말을 남겼다.

> 백제가 나라를 연 지 600여 년에 당나라 고종(高宗)은 신라의 요청으로 소정방을 보내어 수군 13만 명으로 바다를 건너게 하고 신라의 김유신은 군사를 다 거느리고 황산(黃山)을 거쳐 당나라 군사와 합세하여 백제를 쳐서 멸망시켰다. 그러니 내가 이제 어찌 도읍을 정하여 의자왕의 오랜 원한을 씻지 않겠는가.
>
> 《삼국사기》 열전 견훤

마침내 견훤이 광주를 함락한 8년 전부터 목표로 삼았던 백제 왕이 된 순간이자 멸망했던 백제가 240년 만에 부활하는 순간이었다. 감격은 감격이고 견훤 역시 당당히 왕의 신분이 되었으니 가능하다면 자신의 조상을 귀하게 만드는 일이 필요했을 것이다.

견훤의 가계

전주에 위치한 경기전, 조경묘뿐만 아니라 서울 종로구에는 종묘(宗廟)라는 사당이 있다. 이곳은 조선 시대 역대 왕과 왕비의 위패를 모셔둔 곳으로, 세계적으로 독특한 건축 양식을 지닌 의례 공간으로서의 가치를 인정받아 1995년 유네스코 문화유산에 등재되었다. 장엄한 분위기와 엄숙함이 느껴지는 건축물은 방문자에게 깊은 감동을 준다. 다만 14세기에 지은 원래 건물은 임진왜란 때 소실되었고, 현재 건물은 1608년에 재건한 것.

이러한 종묘 제도는 고구려, 백제, 신라에도 이미 존재했으니, 특히 통일 신라는 소위 "천자는 7묘, 제후는 5묘"라는 유교 경전 《예기(禮記)》에 따라 5묘제를 적극 도입했다. 이에 따라 신라에서는 김씨 최초의 신라 왕인 미추왕의 위패를 시조 왕으로 두고, 태종 무열왕과 문무왕은 백제와 고구려를 평정한 공이 있다 하여 국불천위(國不遷位), 즉 나라에서 지정하여 위패를 영원히 모시도록 했다. 나머지 2묘로는 즉위한 신라 왕이 자신의 할아버지와 아버지의 위패를 모시도록 했다.

그렇다면 백제 왕이 된 견훤 역시 나라를 개창한 만큼 신라의 종묘와 비슷한 성격을 지닌 사당을 만들고 때마다 제사를 지내며 남다른 왕실의 권위를 갖추고자 했을 텐데, 그와 관련한 기록은 안타깝게도 볼 수가 없네. 이 기회에 남아 있는 기록을 바탕으로 후백제의 종묘 또는 사당을 한번 상상해볼까?

고려 시대 어느 시점에 지금은 사라진 《이제가기(李磾家記)》라는 책이 있었나보다. 덕분에 《삼국유사》에서 견훤을 다루며 해당 책 내용을 언급한다.

> 이제가기(李磾家記)에 따르면 진흥 대왕의 왕비 사도(思刀)의 시호는 백융부인이다. 그 셋째 아들 구륜공(仇輪公)의 아들 파진간 선품(善品)의 아들 각간 작진(酌珍)이 왕교파리(王咬巴里)를 아내로 맞아 각간 원선(元善)을 낳으니 이가 바로 아자개(阿慈个)이다. 아자개의 첫째 부인은 상원부인이

요, 둘째 부인은 남원부인으로 아들 다섯과 딸 하나를 낳았다. 그 맏아들이 상보(尙父) 훤(萱)이요, 둘째 아들이 장군 능애(能哀)요, 셋째 아들이 장군 용개(龍蓋)요, 넷째 아들이 보개(寶蓋)요, 다섯째 아들이 장군 소개(小蓋)이며, 딸이 대주도금(大主刀金)이다.

《삼국유사》 제2 기이 후백제 견훤

이제(李磾)라는 인물의 가문(家) 기록(記)이란 명칭의 《이제가기》는 이처럼 견훤의 아버지 아자개에 대해 부계로 진흥왕의 셋째 아들 증손자라 기록하고 있다. 진흥왕—구륜공—선품—작진—원선(아자개) 순서가 그것이다. 그러면서 지방 호족이었던 아자개를 각간이라 하여 신라 1등 관등으로 표현하고 있으니, 참으로 흥미로운 내용이라 하겠다.

사실 신라는 엄격한 신분제가 있었기에 왕족인 진골 신분이더라도 만일 진골이 아닌 이와 결혼하여 자식이 태어나면 해당 자식은 진골 신분을 얻지 못했다. 진골과 진골이 결혼해야 비로소 진골 신분 세습이 가능했기 때문이다. 즉, 진골 신분 중 최고 위치의 인물만 가능했던 1등 관등인 각간은 아자개가 정상적인 방법으로는 얻을 수 없었다는 의미.

다만 지역 호족인 아질미(阿叱彌)가 진골 신분만

얻을 수 있던 3등 관등인 소판을 지니고 있었다는 내용이, 924년 건립된 문경 봉암사 지증 대사 적조탑비에 기록되어 있다. 이것으로 보아 신라의 법과 기준이 유명무실해진 시기였기 때문에 스스로 각간 주장은 가능했을지도 모르겠다. 하긴 오죽하면 동시점에 아들 견훤은 스스로 왕위에 올라 있었으니까 각간 정도야 뭐. 흥미로운 점은 문경 봉암사는 견훤의 탄생지와 11㎞ 거리로 매우 가깝고, 또한 아질미는 아자개와 비슷한 이름에다가 동시대 동일 지역에서 활동한 인물이기도 하다는 것. 혹시 이 두 명도 또 다른 도플갱어일까?

어쨌든 아자개의 각간이라는 신분은 그나마 이해를 하더라도, 진흥왕의 4대손인 아자개가 9~10세기 사람이라는 것 역시 말이 되지 않기는 마찬가지다. 진흥왕 4대손이라면 7세기 후반 사람일 테니까. 즉, 해당 기록은 고려 시대에 아자개의 후손인 이제라는 인물이 자신의 시조와 가문을 알리는 책을 만드는 과정에서 과장되게 포장되어 있던 가문의 역사를 기록으로 남긴 흔적일 가능성이 높다.

또한 《이제가기》에는 아자개의 자손뿐만 아니라 견훤의 자손에 대해서도 자세한 내용이 언급되어 있다.

이제가기(李磾家記)에 따르면 견훤에게 아들 아홉이 있으니, 맏이는 신검(神劍) 혹은 견성(甄成)이라고도 한다. 둘째는 태사(太師) 겸뇌(謙腦), 셋째는 좌승(佐承) 용술(龍述), 넷째는 태사(太師) 총지(聰智), 다섯째는 대아간(大阿干) 종우(宗祐), 여섯째는 이름을 알 수 없고, 일곱째는 좌승(佐承) 위흥(位興), 여덟째는 태사(太師) 청구(靑丘)이며, 딸 하나는 국대부인(國大夫人)이니 모두 상원부인(上院夫人)의 소생이다.

《삼국유사》 제2 기이 후백제 견훤

이처럼 아자개에 이어 견훤의 자식에 대한 상세한 설명을 볼 때, 아무래도 이제(李磾)는 견훤 아들의 후손이었던 모양이다. 그런데 《삼국유사》 견훤 부분에는 다음과 같은 내용이 나온다.

본래의 성은 이(李)씨였는데 뒤에 견(甄)으로 씨(氏)를 삼았다.

그렇다면 견훤의 아버지 아자개가 이씨라는 의미인데, 이아자개? 이 역시 좀 이상하군. 다만 《이제가기》에 따른 아자개의 또 다른 이름인 원선(元善)에 이씨를 붙이면 이원선이 되니, 이는 나름 자연스러운 이름인데.

한편 신라 시대에는 오늘날과 달리 성을 쓸 수 있는 사람이 몇 되지 않았다. 왕족인 진골과 6두품 귀족, 그리고 과거 백제, 고구려 귀족 후손 등 정말 일부만이 성씨를 쓸 수 있는 소수 집단이었다. 이외의 대부분 사람들은 일반 백성뿐만 아니라 지방의 호족들마저도 성씨를 사용하는 경우가 극히 드물 정도였다.

그러다 신라 말 지역 곳곳에서 호족들이 대거 등장하면서 마치 경주 귀족처럼 서서히 성씨를 사용하는 이들이 늘어나기 시작했으니, 그 결과 고려 초에 비로소 본관(本貫)이라는 제도가 성씨와 함께 자리 잡힌다. 본관은 시조가 난 곳 또는 거주지를 나타내거든. 이를 통해 같은 성씨를 지녀도 본관이 다른 것으로 서로 구별했던 것이다. 그렇게 본관 개념이 제도적으로 자리 잡힌 시기를 학계에서는 고려 성종(10세기 후반) 때로 보고 있다. 본관에 성이 합쳐진 형식이 바로 그것. 대표적으로 이성계의 본관은 '전주' 이고 성은 '이(李)', 즉 "전주 이씨" 다.

그렇다면 이제라는 인물이 중심이 된 《이제가기》의 기록은 오히려 이들이 견씨 대신 이씨 성을 선택한 뒤의 내용으로 파악된다. 후백제 멸망 후 고려의 눈치가 보여 더 이상 후백제 왕족 성인 견씨를 사용하기가 힘들어졌을 테니까. 더불어 그 과정에서 본래 성씨를 사용하지 않았던 아자개에게도 가문의 중요한 선조로서 이씨 성이 적용되었고, 이때 비로소 이원선이라는 새로운 이름이 만들어졌던 것이다. 이처럼 이들 후손이 뿌리의 기원이자 시조로 삼은 이는 사실상 아자개라 하겠다. 또한 아자개를 특별히 부각시키는 것으로 보아, 진흥왕의 후손이라는 주장과 달리 실제로는 아자개 이전의 조상들은 그다지 대단한 경력을 갖추지 못했을 가능성이 높다.

마찬가지로 아자개의 손자이자 견훤 아들의 이름에 대해서도《이제가기》기록과 다른 내용이 남아 있다.

> 견훤은 처첩(妻妾)이 많아서 아들 10여 명을 두었는데, 넷째 아들 금강(金剛)은 키가 크고 지혜가 많아 견훤이 특히 그를 사랑하여 왕위를 전하려 하니 그의 형 신검 · 양검 · 용검 등이 알고 몹시 근심하고 번민하였다.
>
> 《삼국유사》 제2 기이 후백제 견훤

이처럼 첫째는 신검(神劍) 또는 견성(甄成), 둘째는 겸뇌(謙腦) 또는 양검, 셋째는 용술(龍述) 또는 용검, 넷째는 총지(聰智) 또는 금강(金剛) 등으로 각기

다르게 기록되어 있음을 보여준다. 그렇다면 《이제가기》에 기록된 이름은 아자개를 이원선이라 한 것처럼 후대에 선조를 다시금 부각시키는 과정에서 이루어진 개명일 가능성이 높아 보인다.

이런 과정을 쭉 따라가보니 앞서 본 "본래의 성은 이(李)씨였는데 뒤에 견(甄)으로 씨(氏)를 삼았다."라는 《삼국유사》의 기록은 견훤의 후손들이 후백제 멸망 후 이씨로 성을 바꾼 뒤 아자개를 포함한 조상들에게 이씨 성을 소급 적용하면서 생겨난 오류라 하겠다. 그 결과 후대에 해당 기록을 살펴본 일연은 "견훤이 이씨였는데 견씨로 바꾸었다"라고 《삼국유사》에 반대로 기록하기에 이른다. 실제로는 통일 신라 말 새롭게 일어선 지방 호족으로서 아자개는 본래 성이 없었고, 견훤부터 본격적으로 견씨를 성으로 삼아 후백제 왕실을 열었던 것.

그런데 가만 생각해보니, 이처럼 복잡하게 가계를 뜯어볼 필요가 없었네. 견훤이 후백제 왕이 된 900년만 하더라도 고향인 상주(현 지명은 문경시 가은읍)에는 여전히 아자개가 살아 있었기 때문이다. 즉, 죽은 아버지를 추존하는 방식으로 사당을 만드는 것이 처음부터 불가능했다는 의미. 상황이 이러하니, 견훤은 후백제를 세운 후 굳이 애써서 자신의 조상을 높이기보다는 오히려 자신과 핏줄로는 전혀 연결되지 않았던 옛 백제 왕실을 높이는 노력에 매진하지 않았을까?

무엇보다 견훤은 전주를 장악한 후 왕위에 올라 후백제를 개창하면서 의자왕의 오랜 원한을 갚겠다고 했기에, 의자왕을 위한 사당은 반드시 만들 필요가 있었다. 또한 왕이 되기 전부터 백제 영역이었던 무주(광주), 전주, 공주를 스스로 부르는 관직명에 넣을 정도로 집착이 있었던 만큼 이들 지역을 하나로 뭉칠 구심점으로서 의자왕 이름이 필요했을 것이고 말이지. 그렇다면 후백제가 존재하는 기간 동안 견훤이 자신의 조상이 아니라 오히려 의자왕의 위패를 보관한 사당을 세우고 운영했을 것으로 추정해볼 수 있겠다.

이성계가 세운 조선이 500년을 지속한 것에 비해 견훤이 세운 후백제는 단시간에 무너졌다. 그런 견훤의 후손들이 이성계의 후손들이 건설한 조선 왕실의 종묘(宗廟)처럼 확장된 형식의 조상을 위한 사당을 건설하기란 쉽지 않았다. 고려만 하더라도 제대로 된 형식의 종묘를 갖추기 시작한 것은 왕건이 후삼국을 통일한 지 무려 60년이 지난 뒤였다. 조선 역시 세종 대에 이르러서야 현 종묘 시스템이 완성된다. 즉, 이성계가 나라를 개국하고도 30년 정도 시간이 더 필요했던 것.

이처럼 견훤과 이성계가 크게 보면 비슷한 인생을 산 것 같았는데, 세부적으로 보면 확실히 다른 점이 조금씩 드러나는군. 음.

어느덧 오후 7시 43분이 되었으니 전주를 상징하는 비빔밥 하나 먹고 숙소로 가서 자야겠네. 근처 괜찮은 게스트 하우스를 예약해두었거든.

4

전주의 새벽

새벽에 일어나서

게스트 하우스 '유정'이라는 곳에서 하룻밤 묵었다. 본래 계획은 근처 전주한옥스파휘트니스에서 자는 것이었는데, 계획 변경. 전주한옥스파휘트니스는 24시간 찜질방이다. 시설도 좋고 가격 또한 저렴해서 전주에서 1박할 때면 종종 이용했었다. 특히 뜨거운 물에 몸을 담그는 순간 모든 스트레스가 사라지는 습관이 있어 찜질방을 무척 좋아하거든. 나름 잠자리 겸 목욕탕으로 추천한다.

그러나 이번 여행 때는 목욕보다 잠을 푹 자고 싶어져서 게스트 하우스를 예약했다. 요즘 이상하게 잠이 많이 부족해서 말이지. 아무래도 찜질방은 목욕하기에는 좋아도 잠자리가 조금 불편하니까.

유정 게스트 하우스. ©Hwang yoon

유정 게스트 하우스는 딸과 어머니가 함께 운영하는 곳으로, 주택을 개조하여 게스트 하우스로 만든 모양이다. 궁금해서 주인인 어머니와 이야기해 보니, 어릴 적부터 살아오던 집을 이렇게 꾸몄다고 하더군. 어릴 적 살던 집과 계속 인연을 이어가는 모습이 아름다워 보였다. 그뿐만 아니라 딸과 어머니 모두 대단히 친절한 사람들이다. 즉, 이곳을 경험해 보지 않았다면 모를까 경험한 이상 추천을 하지 않을 수가 없네.

문제는 내가 일어난 시간이 새벽 4시 15분이라는 점. 아침형 인간을 넘어 새벽형 인간이다보니. 어제 여행을 한다고 좀 피곤한 것 같았는데도 여전히 일찍 일어났다. 게스트 하우스에서 제공하는 아침을 먹으려면 한참 시간이 남았고. 어찌할까?

그래! 일어난 김에 억지로 더 자려고 하지 말고 등산이나 가자. 새벽 등산이다. 그동안 관악산 등산을 1000번 이상 한 데다 뒷산이 관악산이라 새벽 등산, 아침 등산, 낮 등산, 저녁 등산 등 안 해본 등산 종류가 없다. 그중에서도 최고는 역시 새벽 등산이지. 암. 산에 올라 해 뜨는 장면을 보는 것만큼 기분 좋은 일은 없으니까.

마침 전주 한옥마을 동남쪽으로는 승암산 기린봉이라는 300m 높이의 산이 있고, 그곳에는 동고산성이라는 후백제와 연결되는 유적지가 있다. 목표가 정해지자마자 세수를 하고 옷을 입은 후 새벽 4시 30분쯤 게스트 하우스 밖으로 나왔다.

등산

새벽이라 그런지 전주 한옥마을을 따라 걸어가는데 아무도 눈에 띄지 않는다. 어제 그 많던 사람들은 다 어디로 갔을까? 그래도 새벽까지 떠 있는 둥근 달이 아름답군. 아직 음력 15일이 아니라서 완전한 보름달은 아니지만, 보름달이 되기 직전의 달이라 그런지 매우 크게 다가온다. 그렇게 달빛과 함께 언덕을 따라 쭉 올라가다가 큰길을 만나니, 이 새벽에도 열심히 달리는 차들이 있네. 새벽부터 바쁜 일상을 시작하는 사람들에게 존경심이 우러났다.

어느덧 오목교를 통해 큰길을 건너 자만 벽화마을을 만난다. 산언덕에 있는 이 마을은 한때 전주의 달동네로 유명했는데, 6 · 25 때 피난민들이 하나둘

자만 벽화마을 안에서 찾은 자만동 금표. ©Park Jongmoo

모여들어 정착한 것이 마을 역사의 시작이라 한다. 그러다 2012년 도시 재생 사업의 일환으로 마을 곳곳에 벽화를 그리면서 소위 벽화마을로 재탄생되었다. 걸으며 보니 만화, 동화, 역사 인물, 연예인 등 여러 주제의 그림들이 이곳저곳에 그려져 있네.

마을을 걷다보면 자만동 금표(滋滿洞禁標)라는 높이 62㎝, 폭 31㎝, 두께 12㎝의 비석을 볼 수 있는데, 새벽이라 아직 컴컴해서 오늘은 찾는 것은 포기다. 괜히 새벽에 비석 찾느라 돌아다니다 마을 주민

자만동 금표. ©Park Jongmoo

들에게 좀도둑이나 귀신으로 여겨질지도 모르겠고 말이지. 그냥 빠른 걸음으로 지나가자. 그런데 그 비석은 왜 세워졌을까? 금표라는 단어에서 알 수 있듯이 출입을 금지한다는 의미다. 즉, 한때 자만 벽화마을은 일반인은 들어올 수 없는 공간이었다는 뜻.

자만동 금표는 1900년쯤 만들어졌다. 조선 말 고종이 태조 이성계의 5대조인 이안사가 태어나고 자랐던 장소가 이 주변이라 하여 금표를 세우더니, 아무도 들어오지 못하는 성지로 만들었기 때문이다.

이를 통해 이곳 언덕의 나무를 보호하여 울창한 숲을 유지하도록 한 모양이다. 실제 조선 시대만 하더라도 나무를 잘라 땔감으로 사용했기 때문에 도시에서 가까운 산이란 산은 대부분 민둥산이었다. 조선 왕실의 조상이 살았던 곳을 그처럼 볼품없는 민둥산으로 둘 수는 없었겠지. 다만 이런 명령이 내려지던 때는 이미 조선이라는 나라의 시스템이 거의 끝까지 가서 무너지기 직전이었다는 점. 결국 금표의 위력은 금방 의미가 사라졌고, 6·25 이후에는 아예 사람들이 모여 사는 마을이 되었다.

자, 언덕에 만들어진 마을을 통과하여 산과 산 사이 마을로 쑥 들어오니 길가의 자동차 소음도 들리지 않는다. 정말 조용하네. 밤 고양이만 보이고. 여기서 어디로 가야 할까? 휴대폰을 꺼내 지도를 살펴보니…… 음.

그래. 교동슈퍼 쪽으로 가서 낙수정 2길이라는 길을 따라 쭉 올라가면 될 것 같다. 그렇게 정처 없이 올라가다보니, 낙수정 군경 묘지가 보이는군. 좁은 길을 따라 기와를 이은 담이 이어지고, 낮은 담 안쪽을 살펴보면 비석이 쭉 세워져 있다. 이곳은 6·25 전쟁에서 전사한 군인 325명과 경찰 158명, 총 483명의 호국 영령을 모신 장소다. 나라를 위해 전사한 분들을 위해 잠시 멈추어 묵념을 하고 다시

동고산성 표지판. ©Park Jongmoo

산을 따라 올라간다.

은근히 길이 가파르고 시멘트 바닥도 거칠어서 갈수록 땀이 나고 힘드네. 사람을 느끼고 모여드는 벌레들도 짜증스럽고. 그래도 아직 해가 뜨기 전이라 벌레가 그리 많지는 않다는 것이 위안이 된다. 보통 해가 뜨기 시작하면서 벌레들도 적극적으로 활동을 시작하고, 그와 함께 벌레를 사냥하는 새들이 움직이거든. 이때가 산에서 새가 지저귀기 시작할 때지. 한편 벌레도 벌레지만 현재 가장 큰 문제는 내가 있는 위치가 어디인지 지도를 보아도 잘 모르겠다는 점. 여기가 맞나 하는 의심이 드네. 이 순간 관악산 등반 1000번 이상을 자랑하는 나도 식은땀이 나며 약간 위기감을 느낀다. 하지만 혼란스러운 머리와 달리 등산으로 단련된 다리는 여전히 힘차군. 다리에 힘이 있으니 걱정은 떨쳐버리고 열심히 더 올라가보자.

길이 점차 좁아지면서 흙길이 나올 때까지 여러 사찰들과 비석들이 주변에 참 많이 등장한다. 기(氣)가 강한 지역인가? 그렇게 더 높이 올라가다보니, 드디어 동고산성이란 표지판이 저기 보이는군. 표지판에 그려진 지도에 따르면 현 위치는 서문지 근처인가보다. 즉, 과거 동고산성 서문이 위치한 장소라는 의미. 설명에 따르면 둘레는 1712m이며 성 내부에서 13개의 건물터가 발견되었다고 한다. 특히 이곳은 전주성(全州城)이라 쓴 기와가 발견된 장소이기도 하다. 어제 국립전주박물관에서 그 유물을 보았었지.

동고산성

과거 서문이 위치했던 장소여서 그런지 주변에는 돌로 쌓은 성의 흔적이 여럿 보였다. 꽤나 돌을 탄탄하게 쌓아두었군. 조사 중인지 회색의 두터운 비닐로 덮어둔 모습도 보이네. 이제 성 내부 왼편으로 난 흙길을 따라 계속 올라가보려 한다. 그렇게 길로 가려다 건물터가 존재했던 중심 장소로 한 번 이동하여 땅 아래 무엇이 있을지 궁금증을 풀고 싶어졌다. 뜬금없이 성 중심에 서 있고 싶다고나 할까? 음. 들어가보니 발굴 조사 후 흙을 덮어둔 듯한데, 발이 푹푹 빠지네. 괜히 들어왔다. 다시 나가야겠다. 그러다 잠시 뒤를 돌아보니, 와~ 이곳에서 전주시의 전경이 한눈에 들어오는군. 저 멀리 높다란 아파트도 보이고.

어느덧 날이 거의 밝아 저 아래 도심도 아침 햇살을 받아 빛나고 있다. 결국 새벽에 일출을 본다는 무모한 계획은 실패하고 말았다. 600m의 관악산 등산 경험에 비추어 이곳 300m 높이의 산은 조금 쉽게 생각했으나, 익숙하지 않아서인지 만만치 않게 가파른 산이었네. 으음. 사실 아침 해가 떠오르는 장면을 보기에는 조금 늦게 일어난 것을 알면서도 일부러 올라온 것이라 크게 후회되지는 않는다.

한편 성안 중앙에 건물이 하나 있는데, 개인 집인지 공공 건물인지는 모르겠다. 그리고 그 건물 위쪽으로 이곳 동고산성에서 가장 큰 건물터가 있다. 여기까지 온 이상 그 건물터까지 확인해야겠지. 건물터까지 가는 길은 근처 표지판이 알려주고 있으니 잘 보면서 이동하자. 잘못 가면 엉뚱한 길로 빠져서 헤맬 것 같다.

드디어 오르고 올라 공원 옆에 있는 건물터에 도착했다. 무릎 아래의 낮은 철책으로 표시를 해두었고, 그 안에 여러 개의 주춧돌이 넓게 배치되어 있다. 휴대폰 카메라로는 한 방에 잡히지 않을 정도로 어마어마하게 넓다. 1990년 발굴 조사에 의하면 가로 22칸(84.4m), 세로 3칸(16.1m), 총 66칸의 건물터다. 단일 평면으로는 우리나라에서 가장 규모가 큰

동고산성. 돌로 성을 쌓은 흔적들이 보인다. ©Hwang yoon

동고산성 중앙에 있는 가장 큰 건물터. ©Hwang yoon

'전주성(全州城)' 이라는 글자가 새겨진 수막새와 '관(官)' 자가 새겨진 수키와 확대. 전주국립박물관. ©Park Jongmoo

누각 건물인 경복궁의 경회루가 정면 7칸(34m), 측면 5칸(28m), 총 35칸에 불과하니, 얼마나 거대한 건물이 이 터에 서 있었는지 좀처럼 상상이 안 되는군. 이 터에서 '전주성(全州城)' 이라는 글자가 새겨진 기와와 '관(官)' 자, '천(天)' 자가 새겨진 기와 조각 등이 출토되었다고 한다. 이러한 형식의 기와가 제작된 것은 신라 말에서 고려 초이므로 이 터에 있던 건물은 후백제 시절에 세워진 것으로 판단되고 있다.

전주 동고산성 출토품. '전주성(全州城)' 이라는 글자가 새겨진 수막새와 '관(官)' 자가 새겨진 수키와. 위 선반에 있는 것은 백자와 청자편. 전주 국립박물관. ©Park Jongmoo

아마도 동고산성은 통일 신라 때부터 전주를 통치하기 위한 매우 중요한 성으로서 축조되어 운영되었을 것이다. 당시 신라는 산성을 쌓은 뒤 내부에는 주요 건물을 지어 행정적 공간으로도 사용했으며, 이러한 산성이 지역 곳곳에 축조되었기 때문이다. 그리고 그 산성을 후백제가 그대로 활용하여, 내부에 거대한 건물을 만들고 왕궁과 연결되는 중요한 장소로 사용했던 것으로 추정된다.

다만 1990년대 이후 동고산성 내 여러 건물터가

발견되면서 후백제 왕궁이 이곳에 있었다는 주장이 한때 학계에 강하게 대두되었다. 그러나 최근에는 동고산성이 적의 침입이나 공격을 막기 위하여 쌓은 성으로, 실제 왕궁은 성 아래 지역 평지에 만들었을 것으로 보고 있다.

오늘 직접 등산해보니 긴급한 상황에서라면 몰라도 일국의 수도이자 왕궁으로 이곳을 활용했다는 것은 조금 믿기 어렵다. 아무리 당시 산성치고 규모가 있다지만, 그래도 협소한 것은 분명해 보이거든. 그뿐만 아니라 견훤이 왕의 신분으로 이처럼 경사가 남다른 곳을 매번 왔다 갔다 했을까? 왕실의 귀중한 보물이나 책, 식량 등을 대거 보관하기 위한 장소라면 이해가 되지만, 왕이 머무는 곳으로는 글쎄. 마치 남한산성에 조선 시대의 행궁(行宮) 터가 있다 하여 평시 조선의 수도 역할도 남한산성 내에서 했다는 주장처럼 들린다.

다만 아쉬운 점은 이미 주변 도심지 개발이 전반적으로 이루어져 후백제 왕궁터를 정확히 알 수 없는 상황이라는 것. 이에 따라 학자들의 후백제 왕궁터 주장도 전주 평지의 여러 곳으로 각기 나뉘어 있다. 어쨌든 후백제의 왕궁과 관련된 흔적은 현재 동고산성에서 만날 수밖에 없는 상황이다.

하산

기린봉을 찍고 내려오는 중이다. 방금 승암산 전망대에서 본 전주시는 너무나 아름다웠네. 내려오면서 산성에 대해 생각해본다. 산성은 삼국 시대부터 크게 발전하기 시작하여 통일 신라 시대에도 중요한 역할을 했다. 특히 해발 고도가 100~300m 정도로 높고 전망이 좋은 곳에 성을 쌓은 신라는 토성보다 석성을 선호했다. 또한 이들 성들은 홀로 있기보다 주변에 여러 성을 함께 배치했으며, 산성 바로 아래에는 교통의 요지이자 평야가 있는 곳을 배후지로 두고 있었다. 특히 성안에서 기와가 많이 발견되는 것으로 보아 전시에는 방어 목적으로, 평시에는 공공시설이 갖추어진 행정적 공간으로 활용되었음을 보여준다.

실제로 전주 동고산성 서남쪽으로도 비슷한 시기에 축조된 남고산성이 있으며, 한때 이 두 성은 가까이서 서로를 지원하며 함께 운영되었을 것이다. 그리고 이런 성들은 통일 신라 말기에 주요 호족들의 근거지이자 세력을 집결하는 공간으로 활용되기에 이른다.

그래서 어제 국립전주박물관 후백제 전시 공간에서

"광양의 마로산성 출토 유물 중 말 조각과 기와가 보이고.

전주의 동고산성 출토 유물 중 '전주성(全州城)' 이 새겨진 수막새가 보이고.

광주의 무진고성 출토 유물 중 봉황무늬 수막새(鳳凰文圓瓦當)가 보이고.

장수의 침령산성 출토 유물이 보이고."

라고 언급한 것처럼 유독 산성 유물이 많았다. 이는 언급된 산성들 역시 통일 신라 시대에는 주변을 통치하는 장소로 운영되다가 신라 말기에는 주변 호족의 근거지가 되었고, 이후 견훤이 등장하자 후백제 영역이 된 것이니까.

광주의 무진고성에서 출토된 봉황무늬 수막새. ©Park Jongmoo

특히 앞에 언급된 산성 유물 중 광주의 무진고성에서 출토된 봉황무늬 수막새가 중요한데, 봉황은 왕권을 상징하는 귀한 동물로 여겨졌기 때문이다. 또한 광주는 과거 무주라 불렸으니, 견훤이 처음 사람들을 모아 세력을 만든 뒤 함락시킨 장소이기도 하다. 즉, 당시 왕(王) 바로 아래 공(公) 지위를 스스로 부여했던 견훤인 만큼 무진고성을 중심으로 힘을 비축할 시기에는 용 못지않게 중요성을 지닌 봉황으로 기와를 만들어 자신이 머무는 건물을 장식했던 것은 아닐까?

그렇다면 무주를 함락한 후 8년 뒤 전주로 들어와 왕위에 오른 견훤은 궁궐의 기와에 어떤 동물을 새겨 넣었을까? 궁금해진다. 언젠가 이 주변 전주 시내 어딘가에서 발견되겠지.

개국과 망국이 함께하는 오목대

산에서 내려오니 하루의 시작을 알리는 태양의 찬란한 빛이 도시에 가득하다. 바람은 아직 선선하지만 오후에는 좀 더울까나?

그렇게 내려오다 보니 올라갈 때와 반대 방향으로 오목교를 통해 큰길을 다시 건너게 되었고, 그렇다면 이번에는 오목교 바로 옆에 위치하는 오목대를 가볼까 한다. 조금 걸어 올라가 언덕 위 평평한 터가 등장하니, 바로 이곳이 오목대(梧木臺)라 불리는 장소다. 나름 높은 지역이라 주변 뷰도 좋다. 이곳에 오동나무가 많았기 때문에 언덕의 이름에 오동나무 오(梧)가 들어갔다는 설이 있으나, 봄에 오면 벚꽃으로 더 아름다운 모습을 보여준다.

오목대 전경. ©Park Jongmoo

한편 이곳은 고려 후반인 1380년, 이성계가 지금의 지리산 남원 부근의 황산에서 왜구를 상대로 큰 승리를 거둔 후 들른 장소로 유명하다. 당시 이성계는 함경도 출신의 고려 장군으로 활약 중이었는데, 황산 대첩(荒山大捷)에서 일본 해적을 상대로 어마어마하게 큰 승리를 거두며 일약 대스타가 된다. 그리고 개성으로 돌아가는 도중 자신의 본관이 있는 전주에 들른 김에 전주 이씨의 먼 친척들을 불러 이곳 오목대에서 큰 잔치를 베풀었다. 이때 이성계가 술에 취하여 부른 노래가 〈대풍가(大風歌)〉로 다음과 같은 내용이다.

큰 바람 일어나니 구름이 나는구나.(大風起兮雲飛揚)
위엄을 해내에 떨치고 고향에 돌아왔도다.(威加海內兮歸故鄕)
어떻게 하면 용맹스러운 인재를 얻어 사방을 지킬 수 있을까?(安得猛士兮守四方)

그런데 이는 과거 한나라를 세운 고조 유방이 천하를 얻은 후 자신의 고향 풍패(豊沛)를 방문하여 친족과 옛 친구들을 불러 잔치를 하며 불렀던 노래다. 그렇다. 이는 곧 이성계가 큰 승리 후 남다른 야심을 보였다는 이야기다.

이러한 호쾌한 이야기 때문인지 시일이 한참 지나 전주 읍성을 상징하는 남문의 경우 영조 대에 이르러 풍남문이라 새로이 이름을 정했다. '풍남'이란 풍패(豊沛)의 남쪽이란 뜻이며, 풍패란 중국의 한 고조가 태어난 곳이다. 즉, 조선 왕조의 발원지인 전주를 풍패에 비유한 것이다.

영조에 이어 고종 역시 태조 이성계와 연결된 이곳에 1900년 비석을 세워 태조를 기렸다. 이는 경기전에 영조 때 조경묘가 설치되고, 더 나아가 고종 때에는 전주에 조경단까지 만들어지는 과정과 얼핏 유사하네. 이때 고종은 직접 '태조고황제주필유지(太祖高皇帝駐蹕遺址)'라는 글을 쓴 후 이를 비석으로 만들도록 했으니. 오목대 전각 바로 옆에 그때 세운 비(碑)와 비각(碑閣)이 보인다.

이 외에도 이 주변에는 한벽당(寒碧堂)이라 하여 이성계의 개국을 도운 공신인 최담이 지은 누각이 있다. 거리로는 동남쪽으로 600m 정도 떨어져 있다. 또한 '목조대왕구거유지(穆祖大王舊居遺址)'라 하여 역시 고종이 직접 글을 쓴 것을 비석으로 만들어 비각에 둔 곳도 근처에 있으니, 이는 이성계 5대조인 이안사가 살던 곳이라 하여 만들어졌다. 이곳을 이목대(梨木臺)라고 부르며, 새벽 등산 때 지나간

고종은 태조 이성계와 연결된 이곳에 1900년 비석을 세워 태조를 기렸다. 오목대 전각 바로 옆에 있는 비(碑)와 비각(碑閣).

자만 벽화마을에 위치한다. 바로 오목교를 건너 50m 남동쪽으로 이동하면 나온다. 가깝다.

이처럼 태조 이성계와 깊은 인연이 있는 오목대는 주변에 여러 다른 유적도 함께 있어 흥미롭다. 그런데 그 내용이 태조의 호탕한 일화를 다시금 되새기는 형식이었으니, 특히 조선 말 나라의 시스템이 무너지던 시기에 구성된 것이 참으로 많다. 마지막 시기가 되자 다시금 나라를 세울 때의 장쾌한 모습이 그리웠던가 보다. 그리하여 오목대는 지금도 개국과 망국을 함께 기억하는 공간으로서 관람객을 맞이하고 있다.

아! 참고로 지금은 마치 오목대의 상징처럼 인식되고 있는 오목대 2층 누각이지만, 이성계가 방문했던 당시에는 존재하지 않았다. 그때 있던 2층 누각이 지금까지 남아 있었다면 당연히 국보로 지정되었겠지. 현재의 2층 누각은 1988년에 만들어졌다. 즉, 이성계가 잔치를 베풀던 장소는 2층 누각 위가 아니었다는 의미. 한번은 오목대에 올랐다가 이곳에서 운동 중인 어르신과 대화를 한 적이 있는데, 그때 그분이 "이 누각은 1988년에 만들어졌지."라고 하셔서 놀랐다. 자료를 찾아보니 진짜 1988년에 만들어진 비교적 최근 건축물이었던 것.

결국 이성계 시절 이곳은 언덕 위 평탄한 땅에 불

과했다. 그렇다면 나름 평지에 사람을 맞이하는 공간을 임시로 만든 후 잔치가 이루어졌겠지. 그 모습을 상상해보니 2층 누각 위의 잔치보다 오히려 더 시원하고 운치 있게 느껴진다.

후백제의 성벽이?

이성계의 이야기로 가득한 오목대에 후백제의 이야기가 숨어 있다는 사실을 혹시 아시는지. 2015년 조사에서 오목대를 중심으로 옛 성벽이 있음을 알아낸 것이다. 언덕을 중심으로 보면 정상부에는 동쪽부터 남쪽까지 성벽이 있었고, 남아 있는 길이가 251m에 다다랐다. 그리고 남쪽 언덕 아래 부분에서 64m의 성벽이 더 발견된다. 즉, 이중 성벽 구조였던 것.

남아 있는 이 성벽들은 토석(土石)과 와적(瓦積: 기와)을 함께 혼합하여 쌓아 올린 토성이었다. 그리고 현재는 1m 정도의 높이만 남아 있으나, 과거에는 3m 이상의 성벽이었던 것으로 추정된다. 그런데 흙

오목대에서 바라본 전주 한옥마을. ©Park Jongmoo

과 함께 넣은 기와가 다름 아닌 동고산성 내부에서 발견된 기와와 유사하니, 제작 시기는 통일 신라 말에서 고려 초로 확인된다. 그렇다면 이 성벽들 역시 후백제 시기의 성벽일 가능성이 높다는 의미이기도 하다.

이처럼 조사 결과는 오목대가 과거 자연 언덕에 토성을 구축하고 전주를 방어하기 위한 관문으로 사용했던 곳임을 보여준다. 사실 오목대에 오르면 지금도 전주 한옥마을이 쭉 보이는 위치인지라, 과거에 병력이 주둔하며 방어하기에 제격이었을 것으로 여겨지네. 하지만 이 성벽들은 오목대가 여전히 언덕 그대로의 모습을 유지하고 있어 발견된 것이고, 도심으로 변한 평지 지역은 성이 있었더라도 이미 다 사라져서 안타깝군. 하지만 견훤의 흔적을 찾으려는 전주의 남다른 노력은 지금도 계속 이어지고 있으니, 언젠가 더 구체적인 무언가가 나올 것이다.

이제 새벽 등산을 끝내고 숙소로 돌아왔다. 나름 험난한 모험을 마치고 왔음에도 고작 오전 6시 45분이네. 아. 땀이 좀 났으니, 샤워하고 40분 정도 더 자야겠다. 약간 피곤하다. 자고 일어나서는 게스트 하우스에서 제공하는 아침을 먹은 후 전북대학교를 가려 한다. 전북대학교에는 꽤나 훌륭한 대학박물관이 존재하는데, 이곳에서 견훤의 흔적을 또 발견할 수 있기 때문. 오전 9시 30분에 문을 여니 10시쯤 들어갈 예정이다. 오늘도 준비 중인 여행 계획이 가득해서 말이지.

5

전북대학교

대학 박물관

계획보다 늦은 오전 10시 50분이 되어서야 전북 대학교에 도착했다. 고된 새벽 등산 후 씻고 잤더니 그냥 꿀잠을 자버렸네. 게다가 게스트 하우스에서 잼을 바른 빵과 우유로 아침까지 먹고 나와, 2020년 복원이 마무리된 전라 감영을 대충 둘러본 뒤 버스를 타고 왔더니 결국 이 시간이다. 참고로 전라 감영은 과거 전주 읍성에 있던 관청 중 하나로, 조선 시대만 해도 지금의 전라북도와 전라남도를 포함하여 제주도까지 관리하는 어마어마한 관청이었다. 그런 만큼 전주의 위상을 그대로 보여주는 곳이었지. 원래의 건물들은 일제 강점기에 사라졌으나 근래 일부가 복원되었다.

한옥 형태의 독특한 전북대학교 정문. ©Park Jongmoo

전북대학교는 전라북도 거점 국립 대학교라 그런지 캠퍼스가 매우매우 넓다. 10년 전쯤 캠퍼스 구경하다가 거짓말 조금 더해서 다리가 부러질 뻔했다. 부산대학교와 전남대학교에 비해 50% 정도는 더 큰 듯. 대학 전체를 구경하러 온 것은 아닌지라 자세한 설명은 패스하고, 오늘 나는 전북대학교 박물관을 보려고 한다.

2019년에 건립된 한옥 형태의 독특한 대학교 정문을 본 후, 캠퍼스 안으로 깊게 들어가지 말고 캠퍼스와 상가들 사이 외각 길을 따라 700m 정도 걸어가면 박물관 건물이 등장한다. 2011년 개관한 세련된 형태의 신축 박물관이다. 박물관 앞에는 정자와 연못이 있으며, 뜰에는 석상 유물들이 세워져 있다. 앉아서 쉬기 딱 좋은 분위기.

그럼 안으로 들어가볼까?

완주 봉림사지

삼기초등학교 이승철 교사와 5학년 학생들이 향토 연구를 위한 자료를 수집하는 과정에서 석불 2점과 석조물 2점을 발견해 〈전북일보〉에 제보했다. 발견 장소는 전주 북서쪽인 "전라북도 완주군 고산면 삼기리 491"로, 때는 1961년이었다. 그 뒤로 근래까지 수차례 발굴 조사를 하여 이곳에 꽤나 규모 있는 사찰이 존재했음을 밝힐 수 있었다.

흥미로운 점은 규모가 꽤 있던 사찰임에도 문헌 기록 등에 전혀 언급되어 있지 않다는 것. 고문헌, 사찰지(寺刹誌) 등 그 어떠한 기록에서도 확인할 수 없으며, 단지 봉림사(鳳林寺)라는 명칭만 주변에 구전되어 오늘에 이르고 있다. 15세기에 만들어진 조선 분청사기가 출토된 것으로 보아, 아무래도 조선 시대 초반까지 운영되다가 폐사된 것 같다.

또한 이 유적지에서 출토된 기와, 불상, 탑, 청자 및 중국 도자기 등의 유물을 볼 때 10세기인 통일 신라 말에서 고려 초에 사찰이 창건된 것으로 판단된다. 즉, 봉림사지는 통일 신라 말에서 조선 초까지 운영된 사찰의 흔적인 것.

한편 완주 봉림사지가 아니라 저 멀리 군산 발산초등학교에 통일 신라 말에서 고려 초 작품으로 보이는 군산 발산리 석등(보물 제234호)과 군산 발산리 오층 석탑(보물 제276호)이 위치하고 있는데, 이 유물들은 일제 강점기에 시마타니 야소야(島谷八十八)라는 일본인이 위치를 알 수 없는 절터에서 가져온 것으로 전해진다.

1903년부터 군산 지역에서 큰 농장을 운영한 시마타니는 문화재를 수집하는 취미가 있어, 충청도나 전라도에 있는 유물을 자신의 군산 농장으로 차츰차츰 옮겨왔다. 일본 부자들은 경쟁적으로 훌륭한 정원을 만드는 취미가 있었는데, 이를 위한 목적으로 정원을 장식할 돌조각이 필요했던 모양이다. 그러다 1920년대에는 아예 3층 콘크리트 건물을 지어 창고 겸 서화, 도자기 같은 유물의 보관 장소로 운영했으나, 1945년 우리나라가 해방되자 열정적으로 수

군산 발산리 석등과 군산 발산리 오층 석탑.

집한 돌조각 30여 점을 그대로 둔 채 일본으로 돌아갔다.

그로부터 얼마 지나지 않아 1947년 그의 농장에는 발산초등학교가 세워졌으니, 덕분에 발산초등학교는 전국 초등학교 중 진품 문화재가 가장 많이 전시되고 있는 장소가 되었다. 지금도 발산초등학교에는 시마타니가 수집한 보물 2점을 포함한 30여 점의 돌조각이 전시되어 있을 정도. 거의 준박물관이라 하겠다. 한편 시마타니의 3층 콘크리트 건물 안에 있던 서화, 도자기 등의 유물은 미군정이 압수했다는 소문만 있고 어디로 사라졌는지는 알 수 없다 하더군. 시간이 지나 2005년, 이 3층 콘크리트 건물은 "시마타니 금고"라는 이름으로 국가등록문화재 제182호로 지정되었다.

익산시의 이리여고 화단에도 이런 식으로 완주 봉림사지에서 반출된 남중동 오층 석탑이 있다. 고려 말 작품으로 추정되며 왜 이곳으로 옮겨졌는지 구체적으로 알 수 없으나, 이 역시 일제 강점기인 1920년대에 벌어진 일로 추정된다. 이렇듯 완주 봉림사지의 주요 유물 중 석등과 석탑 등은 군산, 익산 등에 나뉘어 위치하고 있다.

그러나 1960년대에 발견한 불상 및 석조 대좌는 1977년에 이곳 전북대학교 박물관으로 옮겨와 전시

전북대학교 박물관 뜰에 있는 석조 대좌. ©Park Jongmoo

중이다. 현재 석조 대좌는 전북대학교 박물관 뜰에 있고, 돌로 만든 불상은 박물관 1층에 전시되어 있네. 특히 불상은 통일 신라 말에서 고려 초의 작품으로, 부처와 보살 두 분이 함께하는 소위 삼존불 형식이다. 이로써 과거 봉림사지는 통일 신라 말기 시점만 해도 오층 석탑 하나와 석등 하나가 사찰 마당에 있고 중심 건물 안에는 삼존 석불이 함께하던 사찰임을 알 수 있다. 그리고 고려 말 어느 시점에 석탑 하나가 더 추가된 것이다. 이처럼 한때 이곳은 통일 신라 후반에 유행한 사찰 구성을 완벽하게 갖추고 있었다.

봉림사지 삼존 석불

이제 사찰의 주인공인 삼존 석불을 제대로 감상해보자. 안타깝게도 머리는 없어졌지만 그럼에도 전체적인 모습은 충분히 감상할 수 있는 상태다. 사라진 부분은 상상력을 동원해 채워보기로 하자.

중앙의 부처는 높은 대좌 위에 앉아 있는데 편단우견식(偏袒右肩式), 즉 왼쪽 어깨에 옷을 걸치고 오른쪽 어깨는 드러낸 형식이다. 그리고 부처 뒤에는 광배가 갖추어져 있군. 광배는 부처의 몸에서 나오는 빛을 형상화한 것으로 몸 뒤쪽에 둥근 장식물로 표현한다. 봉림사지 삼존 석불의 광배에는 화려한 무늬와 더불어 화불(化佛)이라 하여 작은 부처상도 함께 조각되어 있다. 사찰이 폐사되면서 오랜 세월

제대로 보호받지 못했음에도, 자세히 보면 이처럼 묘사에 꽤나 신경을 쓴 조각임이 드러난다. 양쪽에 위치한 보살 역시 옷 주름, 장식 매듭 등에 상당히 신경을 썼으며 앉아 있는 부처와 달리 서 있는 형태다.

그런데 학자의 연구에 의하면, 이 봉림사지 삼존석불이 통일 신라 디자인을 기본으로 하면서도 백제 요소를 함께 넣은 작품이라 한다. 부처의 경우 광배 디자인에서 과거 백제 양식이 강하게 느껴지며, 보살의 디자인 역시 6세기 후반에 유행하던 양식을 다시 가져왔다. 마치 복고 스타일처럼 당시 유행하던 통일 신라 스타일에 백제 스타일을 자연스럽게 넣은 모습이라는 것. 이는 곧 무언가를 표현하고자 한 의도적인 디자인이라는 의미다.

이런 부처의 모습은 당시 견훤의 삶과도 무척 닮아 있다. 신라 군인으로서 청년기를 시작했으나, 옛 백제 지역에 후백제를 세우고 백제 왕이 된 모습이 그렇다. 즉, 신라 시스템에서 성장했음에도 백제 정체성을 갖추려던 견훤의 노력은, 결국 자신의 삶과 비슷한 궤적을 그리며 제작된 봉림사지 삼존 석불의 모습으로 표현되기에 이른 것이다.

그래서일까? 나는 이 삼존 석불을 볼 때마다 당시 견훤의 고민을 이해하려 한다. 후백제 왕이 된 후 어

전북대학교 박물관에 있는 봉림사지 삼존 석불. ©Park Jongmoo

떤 방식과 해결책을 지니고 험난한 시기를 돌파하고자 했을까? 어쨌든 봉림사지 삼존 석불은 그 디자인만큼 옛 백제 지역에 사는 사람들에게 백제에 대한 향수와 정체성을 갖추는 데 큰 도움을 주었을 것이다.

한편 완주 봉림사지는 그 위치상 전주에서 경상북도 상주로 이동하는 길목에 있다. 견훤은 후백제를 세운 후 소백산맥 동쪽의 신라 영역으로 군대를 적극적으로 파견하며 점차 자신의 영향력 아래 두고자 했거든. 특히 자신의 고향인 상주에는 소백산맥을 넘는 루트 중 하나인 문경 새재가 있었기에, 이곳을 장악하면 라이벌 왕건의 고려가 신라로 진입하는 것을 차단하고 대신 후백제의 힘을 높일 수 있었다. 이때마다 봉림사지라는 사찰은 길목을 지나가는 후백제 군사들의 사기를 높이고, 더불어 부처가 베푸는 자비로 힘을 받기를 원하는 이들에게 종교적 위안을 주었을 것이다.

자~ 이 정도로 감상을 끝내고, 온 김에 전북대학교 박물관의 나머지 전시실도 간단히 구경해야겠다. 전주에 오더라도 그리 자주 방문하는 장소는 아니니까.

최고의 학식을 포기하고

박물관 구경을 대충 끝내고 밖으로 나왔다. 시간은 오전 11시 40분인데, 어떻게 할까? 대학교에서 밥을 먹고 갈까? 마음에서 묘한 갈등이 올라온다. 이유는 다음과 같다.

전북대학교는 전라북도를 대표하는 대학교이자 한국의 수많은 대학교 중에서도 수준 높은 교육 시설로 잘 알려져 있다. 실제로 여러 기관의 평가에서 꾸준히 대학 랭킹 상위권으로 나오고 있다 하는군. 아무래도 좋은 대학으로 인정받기 위해서는 학교 평가, 학생 수/교원 수, 논문 피인용 수, 기업으로부터의 평판, 외국인 교원 비율, 유학생 비율 등등 평가 부분이 무척 많을 것이다. 그런데 이런 평가와 별도로 전북대학교의 여러 시스템 안에서 단연 최고가 있다면, 더 나아가 한국 최고 분야가 있다면 학식(학생 식당)이 분명 그중 하나가 아닐까싶다.

대학 학식이라고 하면 대학생의 빈곤한 지갑을 바탕으로 싼 가격에 적당한 맛을 보장하는 것으로 보통 인식된다. 실제 나도 대학교 시절 먹던 학식은 그런 이미지가 강했다. 그런데 이곳 전북대학교 학식은 맛이 전주 최고의 관광지인 한옥마을에 있는 식당에 버금가면서 가격은 그보다 훨씬 저렴하다. 가격 대비 맛 평가까지 합치면 가성비가 바깥 음식의 거의 1.5배 이상이며, 타 대학교의 학식과 비교한다면 아예 차원이 다른 세계이다.

전주는 맛의 고장이라는데, 대학 학식마저 이처럼 높은 수준이라니. 결국 맛이라는 정체성은 전주 어디든 통용되는 이미지인가보다. 실제로 과거부터 전라도의 풍족한 산물이 중심 도시인 전주로 모이면서 다양한 산물을 바탕으로 한 음식 문화가 발달했고, 그것이 지금의 전주 음식으로 계속 이어져온 것이니까. 음식의 맛 역시 전주의 높은 위상과 역사가 만들어낸 전통이라 할 수 있겠지.

조선 시대에 전라도는 국가 세금 3분의 1을 담당할 정도로 엄청난 농업 생산력을 보여주었거든. 영조 대인 1769년 기록에 따르면 국가의 총 징수액의

28%를 전라도에서 부담했고, 이 중 조정에 상납한 세액만 따로 구분한다면 무려 41%를 전라도가 부담할 정도였다. 즉, 조선 시대 수도 한양의 풍족한 물자는 사실상 전라도에 의존하여 운영되었던 것. 그런데 이처럼 뛰어난 전라도의 농업 생산력은 비단 조선 시대만의 이야기였을까?

김제의 대평야와 함께 오래된 저수지 둑인 벽골제를 한 번쯤 들어본 적이 있을 것이다. 벽골제는 330년 백제에 의해 처음 축조된 둑으로, 통일 신라 시대인 790년에도 큰 공사를 일으켜서 증축한 기록이 남아 있다. 신라 9주(州) 중 무려 7주에서 사람들을 징발한 공사였다.

> 벽골제를 증축했는데 전주(全州) 등 일곱 주의 사람들을 징발해 공사를 일으켰다.
>
> 《삼국사기》 신라본기 원성왕 6년(790)

또한 저수지 둑인 벽골제에는 수문을 만들어두었기에 농사짓는 데 필요한 물을 보관, 조절, 사용할 수 있었다. 최근에는 모아둔 물을 경작지로 공급하는 대규모 수로가 발견되었는데, 조사 결과 이 수로는 통일 신라 시대에 축조된 것이라 하는군. 사실상 오늘날의 댐(dam)의 역할을 한 것이다.

현재 약 2.5㎞의 둑 흔적이 남아 있으나, 본래 길이는 3.8㎞ 정도로 추정하고 있다. 또한 둑으로 막아 물이 저장된 저수지 둘레는 무려 40㎞에 이르렀다고 한다. 물론 이는 과거 전성기 때 수치고, 지금은 수많은 역사의 질곡 속에 저수지는 사라진 채 논으로 바뀌었으며 둑은 그 흔적만 남아 관광지로 운영 중이다. 그러나 유적지 옆에 벽골제농경문화박물관이 세워져 있으니, 과거의 영광이 궁금하면 이 박물관에 들어가 체험해보면 된다.

이처럼 거대한 저수지 덕분에 김제 평야는 오래전부터 이미 엄청난 농업 생산량을 기록할 수 있었으며, 신라의 수도 경주 역시 한때 전라도의 높은 생산력에 의존하여 도시 물가를 조절하며 풍족한 삶을 유지할 수 있었다. 하지만 이러한 농업 생산력은 견훤이 후백제를 세우면서 다시금 백제의 것으로 돌아왔으니, 당시 후백제의 부강함을 지원하는 큰 힘이 되었을 것이다. 반대로 신라는 큰 위기 상황이 되었을 테고.

학식에서 시작한 이야기가 어쩌다 벽골제까지 이어졌군. 그런데 이 대학 학생들은 학식의 맛에 대해 어떻게 생각하고 있을지 궁금하네. 사람이란 무엇이든 익숙한 삶이 되어버리면 이를 당연하게 여기는 경향이 있으니까. 전북대학교 학생들에게는 학식의 뛰

정둔면옥의 닭곰국시. ©Park Jongmoo

어난 맛도 자연스러운 일상일지 모르겠다.

그래. 고민 끝에 마음을 고쳐먹었다. 아무래도 학식은 학생들을 위해 제공되는 것이니, 아무리 맛이 좋아도 나 같은 일반인은 가능하면 이용하지 않는 것이 좋겠지. 포기하자. 점심은 다른 곳에서 먹는다.

전북대학교에서 나와 전북은행 건물 뒤편으로 가

면 '정둔면옥' 이라는 식당이 있다. 얼마 전에 바로 근처로 식당이 이사를 했다. 마침 전북은행이 이 주변에서는 가장 높은 건물이니 그 건물을 이정표로 삼고 이동하면 된다. 이 식당은 '닭곰국시' 가 나름 추천 메뉴인데, 양도 풍부하고 맛도 좋다. 그럼 움직여볼까?

조금 걸어가니 다시 한옥 형식의 대학교 정문이 보이고, 길을 건너 전북은행을 지나쳐 이동하니 정둔면옥이 등장한다. 그럼~ 점심은 여기서 닭곰국시를 먹기로 하자.

6

남원으로 떠나다

전주시외버스공용터미널

매콤한 맛이 일품인 닭곰국시를 먹고 나왔더니 기운이 다시 솟아나는 느낌이다. 보양식으로 유명한 닭 요리에다가 국수사리를 넣어 먹으면 되는데, 이 맛을 어떻게 설명해야 할지. 음. 그냥 엄지손가락을 세워 보이는 것으로 설명을 대신하겠다. 세상에는 말과 글로 표현할 수 없는 것도 있거든. 직접 체험만으로 설명 가능하다.

자. 다음 코스는 어디일까? 그 전에 복잡하면서도 간단한 설명을 하나 하고 넘어가자.

지금은 전주(全州)가 전라북도 중심 도시의 지명이지만, 통일 신라 시대에는 그 의미가 조금 달랐다. 통일 신라는 전국을 9주로 나누고 그중 하나를 전주

(全州)라 불렀는데, 이는 광역 지방 행정 구역으로서 전주라는 의미를 지닌다. 반면 치소(治所), 즉 지방 행정 타운이 있던 도시 역시 전주(全州)였다. 전주라는 이름에 두 가지 의미가 있었던 것이다. 지금으로 치면 전라북도 도청이 있는 도시의 이름도 '전주'요 전라북도 전체의 이름도 '전주'였다. 마치 미국의 뉴욕이 뉴욕주(State of New York)를 지칭하기도 하고 뉴욕시(New York city)를 지칭하기도 하는 것과 비슷하군.

이는 신라가 6세기 이후 주변 지역을 정복하는 과정에서 나타난 결과다. 본래 병력이 주둔하던 장소가 점차 도시화되며 해당 지역의 거점으로 변화했고, 최종적으로 주변 지역을 총괄하는 지방 행정 구역으로 확장되었던 것이다.

한편 신라는 통치하는 지역의 인구와 중요도에 따라 주(州), 군(郡), 현(縣) 순으로 구분했는데, 이때 큰 지역은 주, 주보다 작으면 군, 가장 아래에는 현이 위치했다. 그러다 삼국 통일 이후 9주(州)로 전국 영토를 재편하면서 자연스럽게 지방 행정상 가장 큰 규모에 부여하던 주(州)가 광역의 행정 구역으로서 확대 편성된 것이다. 그 과정에서 본래 치소, 즉 행정 타운이 있던 도시 이름이 그대로 광역 지방 행정 구역 이름으로도 사용되기에 이른다.

그래서 학계에서는 보통 치소가 있는 장소를 협의의 주로, 치소의 관할 영역은 광의의 주로 나누어 구분한다. 그러다 시간이 지나 10세기 말, 고려 시대에 도(道) 개념이 도입되면서 비로소 광역 지방 행정구역은 도로, 주는 관할 영역이 크게 축소되어 목(牧)으로 명칭이 교체되었고, 현재는 도와 시(市)로서 이어지고 있다.

그럼에도 불구하고 과거 지명에 주가 들어갔던 지역은 영광스러운 역사였던 만큼 시가 되었어도 여전히 도시 이름에 주가 들어가 있다. 전주를 포함하여 광주(廣州), 충주(忠州), 청주(淸州), 공주(公州), 진주(晋州), 상주(尙州) 등이 그 예이다. 즉, 지금까지도 주가 들어간 이름을 사용하는 도시는 매우 오랜 역사와 전통을 지닌 도시라 이해하면 편하다.

한편 통일 신라 시대 전주는 5소경 중 하나인 남원경과 더불어 10개 군(郡), 31개 현(縣)을 관장하여 현재의 전라북도와 거의 유사한 범위를 포함하고 있었다. 그렇다면 통일 신라 개념으로 본다면 이곳에서 가까운 남원도 어쨌든 전주에 소속된 도시 중 하나라는 의미.

설명이 길었지만, 그래서 이참에 전주 여행이라 하여 전주라는 하나의 도시로 한정시키지 말고 과거 전주라는 행정 구역에 포함된 도시들까지 가보고자 한다. 남원으로 가는 핑곗거리를 굳이 이렇게 잡아보았음.

자~ 전북대학교에서 전주시외버스공용터미널까지는 10분 정도 걸으면 도착한다. 오후 12시 30분을 방금 지난 상황인데, 마침 운이 좋군. 시간표를 보니, 12시 47분에 인월지리산공용터미널로 가는 버스가 있네. 지금 내가 목표로 하는 장소는 남원공용버스터미널보다 인월지리산공용터미널로 가는 것이 좋거든. 자세한 이야기는 시간이 없으니 버스를 타고 가면서 이어가자.

남원경의 흔적

버스를 타자마자 피곤해서 그런지 눈을 감고 푹 자버렸다. 그러다 눈을 뜨자 벌써 남원 시내로 진입했군. 전주에서 겨우 1시간 정도 걸린 듯하다. 버스는 남원공용버스터미널에 잠시 정차해 일부 승객을 내려준 다음 인월지리산공용터미널로 갈 예정.

지리산 입구에 위치한 남원은 시청, 법원, 남원역, 남원국악예술고등학교, 병원, 운동장 등 여러 기관이 모여 있는 중심 지역과 지리산 안으로 더 깊숙이 들어가 있는 한적한 여러 마을 로 구성되어 있다. 그런데 매년 인구가 계속 줄어서 지금은 8만 명이 안 되는 상황이다.

그러나 조선 시대만 하더라도 소설 《춘향전》의

남원 읍성의 성벽 일부. ©Park Jongmoo

배경인 광한루로 대표되는 고을인 만큼 주변에 비해 상당히 번화했다. 남원이 이렇게 번화할 수 있었던 데는 전라도와 경상도를 이어주는 교통로의 힘이 컸다. 지리산을 통과하려면 그 누구라도 남원에서 하루 이상 반드시 머물러야 했기 때문. 하지만 지금은 교통이 발달해 꼭 방문할 사람 외에는 그저 지나치는 도시가 되고 말았으니, 이와 함께 과거의 번성했던 모습도 점차 사라졌다.

이와 비슷한 모습을 보여주는 곳이 다름 아닌 상주라 하겠다. 견훤의 고향이 있던 문경 및 상주 등도 과거에는 소백산맥을 통과하는 사람들이 반드시 하루 이상 머물러야 했던 교통로에 위치했다. 그러나 교통이 발달해 지나치는 도시가 되면서 점차 쇠락했다. 그렇더라도 한때는 교통로의 중심지로서 발달했던 남원과 상주인지라, 견훤이 활동하던 시대에는 상당한 지위를 가진 도시였다. 이로 미루어 당시 견훤은 나름 대도시 출신이라 볼 수 있겠다. 현재 기준으로는 철도 교통의 중심지인 대전 정도 위상의 도시에서 태어났던 것.

결국 그 중요도만큼 통일 신라 시대를 거치며 남원에는 5소경 중 하나인 남원경(南原京)이, 상주에는 신라 9주 중 하나인 상주(上州: 신라 경덕왕 때 尙州로 변경)가 설치되었다. 또한 중심 지역에는 치소,

즉 행정 타운이 세워졌으며, 그 주변에는 바둑판 형태의 잘 구획된 계획도시가 만들어졌다. 안타까운 부분은 당시 9주 5소경을 합쳐 총 14개의 신도시가 등장했으나, 근현대 도시의 발달로 인해 그 흔적이 거의 다 파괴되어 제대로 파악할 수 없다는 점. 이를 이미 오늘 새벽 전주 시내에서 확인하기도 했었지. 산성의 흔적은 남아 있어도, 평지에 위치했을 후백제 왕궁은 '발전된 전주시' 덕분에 흔적조차 찾을 수 없게 되었다.

다만 전주와 달리 남원과 상주는 근현대를 거치며 오히려 도시 위상이 주변에 비해 낮아졌기에 도시 개발이 더뎠고, 덕분에 통일 신라 시대의 계획도시 흔적이 운 좋게 남아 있다. 특히 최근 조사 결과 남다른 주목을 받는다. 오늘은 시간이 부족해 남원 시내에 있는 관련 유적을 직접 찾아가 보지는 못하지만, 어쨌든 설명을 이어가자면.

남원 시내 북쪽으로 교룡초등학교가 있다. 이 학교에서 250m 남쪽으로 성벽 일부가 있는데, 이는 남원 읍성의 흔적이다. 남원 읍성 역시 일제 강점기 때 파괴되어 일부 흔적만 겨우 남아 있는 것이다. 그런데 2020년, 사라진 남원 읍성의 북문 주변을 조사하는 과정에서 놀랍게도 통일 신라와 후백제 시대에 제작된 것으로 보이는 기와, 도자기 등이 발견되었다. 또한 조사 과정에서 통일 신라 시대 신도시를 만들며 구획한 바둑판 형태의 도시 구조까지 확인한다. 그렇다. 이는 통일 신라의 계획도시 남원경의 흔적이라 하겠다.

이와 비슷한 통일 신라의 계획도시 형태는 상주에서도 이미 발견되었는데, 상주 복룡동 유적이 바로 그것이다. 이처럼 과거 모습이 남아 있는 남원과 상주 덕분에 9주 5소경의 치소, 즉 행정 타운과 계획도시가 존재했던 공간의 모습을 어느 정도 이해할 수 있게 된다. 그뿐만 아니라 남원의 경우 교룡산성이라 하여 도시 북쪽에 산성이 있는데, 이 산성은 백제 시대에 만들어진 것이다.

교룡산성은 내부에서 통일 신라 유적이 발견되기도 해, 통일 신라 시대에도 역시 중요하게 사용되었음을 알 수 있다. 즉, 남원경은 평지에는 중심 행정 타운이 있고 비상시에 이용할 산성이 근처에 함께하는 형식이었으니, 이는 신라가 신도시를 구성할 때 기본적으로 갖춘 인프라였던 것. 즉 "행정 타운이 포함된 바둑판 형태로 구획된 계획도시 + 산성"은 신라 신도시의 기본 구조라 하겠다.

그렇다면 9주 중 하나였던 전주에도 산성 아래 평지에는 분명 견훤이 왕궁으로, 그에 앞서 왕궁이 되기 전에는 신라의 행정 타운으로 사용했던 공간이 존재하지 않았을까? 당연히 있었을 것이다. 이에 대해서는 오늘 새벽 등산 때 전주 동고산성 아래 평지 중 학자들마다 후백제 왕궁터로 추정하는 위치가 다르다는 것을 잠시 이야기했었다. 등산을 마치고 전북대학교 박물관을 가기 전에 새로 복원한 조선 시대 전라 감영을 구경하고 왔다는 이야기도 앞에서 했다.

여기서 새벽에 마저 하지 않았던 비밀 하나를 더 풀자면. 전라 감영을 조사, 복원하는 과정에서 통일 신라 시대에 사용한 관(官), 전(仝)이라는 명이 새겨진 기와가 발견되었고, 이 외에도 통일 신라 유물이 일부 출토되었다는 사실. 그뿐만 아니라 경기전에서도 관(官), 왕(王) 자가 새겨진 통일 신라 시대 기와가 이미 출토된 적이 있었다. 봉황이나 용이 조각된 기와는 아니더라도 상당한 의미를 지닌 기와가 나온 것이다.

이는 곧 지금의 전주 읍성과 한옥마을 주변에 전주의 치소, 즉 신라의 행정 타운과 신도시가 존재했을 가능성을 보여준다. 그리고 세월이 지나 견훤은 전주를 얻은 후 후백제를 열고 신라의 행정 타운을 왕궁으로 확장, 발전시켰다. 그로부터 더 세월이 지나 조선 시대에는 전주 읍성이 만들어지며, 통일 신라와 후백제의 유적 위에 조선의 행정 타운이 만들어졌던 것이다.

이런 모습은 남원 읍성이 통일 신라의 남원경 위에 건설되었고 상주 읍성 역시 상주 복룡동 유적, 즉 한때 통일 신라 신도시에다 건설한 것과 유사하다. 이처럼 통일 신라가 만든 9주 5소경의 중심지는 조선 시대까지 중요한 행정 타운이 건설되며 이어졌고, 지금도 도시 중심에 위치하며 오랜 한반도 역사의 흐름과 함께하고 있는 것이다.

이렇듯 남원을 통해 전주의 과거를 상상할 수 있으니, 덕분에 견훤이 세운 후백제의 궁궐이 전주의 어디쯤 위치했을지도 파악해보았다. 이제 막 버스가 남원공용버스터미널을 떠났으니 30분을 더 달리면 목적지에 도착하겠군. 그럼, 조금만 더 잘까?

이성계의 황산 대첩

드디어 인월지리산공용터미널에 도착~ 이곳은 남원 시내에서 지리산 안쪽으로 더 들어온 곳으로 주소는 남원시 인월면이다. 지리산을 등산하려고 전국에서 사람들이 방문하는 곳이라, 인구가 얼마 안 되는 면 지역에 있는 작은 버스 터미널인데도 서울, 대전, 대구, 부산 등 국내 주요 도시로 가는 버스들이 정차한다. 심지어 내가 살고 있는 안양으로 가는 버스도 있네. 그래서인지 오늘도 유독 등산복 차림을 한 사람들이 눈에 많이 띄는군.

나는 관악산 등산은 1000번 이상 했음에도 지리산은 한 번도 도전해본 적이 없다. 과거 아버지가 전남대학교에서 일하실 적에 지리산 등산을 다녀온 뒤 등산을 좋아하는 나에게 이야기해준 적이 있었다. 한마디로 지리산 정상 정복은 관악산보다 훨씬 힘들다고 함. 관악산보다 난이도가 높으면 올라갈 생각이 별로 없는지라, 지금까지 지리산 등산을 해본 적이 없다. 즉, 나의 등산 경험은 95%가 관악산이고, 나머지 5%도 관악산 정도 난이도의 산이라는 의미.

내가 남원 시내가 아니라 인월지리산공용터미널로 오고자 한 이유는 목적지, 즉 남원 실상사가 이곳에서 훨씬 가깝기 때문. 이곳에서 실상사까지 택시를 타면 불과 10분 정도 걸리고, 버스를 타도 30분 정도 걸린다. 반면 남원 시내에서 내렸다면 택시로 40분, 버스로는 무려 2시간이 걸린다. 그래서 전주시외버스공용터미널에서 시간표를 보고 마침 인월지리산공용터미널에 정차하는 버스가 있어 운이 좋다 여겼던 것. 물론 전주에서 남원까지 가는 버스는 종종 있어도 인월면까지 가는 버스는 자주 없다.

실상사를 가려는 이유는 역사와 전통이 있는 사찰이자 역시나 견훤 이야기가 있기 때문이다. 다만 지금 시간이 오후 2시 20분인데, 실상사를 가는 버스는 시간표상 3시 25분에 있군. 1시간 이상 남았는데, 어찌할까? 그래. 한동안 견훤 이야기에 집중한 것 같으니, 이제 이성계 이야기를 할 때가 된 것 같다.

오늘 새벽 전주 오목대에 들러 그곳이 이성계가

전주 이씨의 먼 친척들에게 잔치를 베푼 장소임을 이야기를 했었다. 그러면서 황산 대첩(荒山大捷)으로 일약 대스타가 되었다고 표현했는데, 바로 그 황산이 여기서 서쪽으로 불과 5㎞ 거리에 있다. 약 700m 높이로 관악산보다 조금 더 높은 산이자, 지리산을 통과하는 주요 길목 바로 옆이기도 하다. 대첩(大捷)은 클 대(大), 이길 첩(捷)을 합쳐 큰 승리를 의미하는 표현이니 이곳에서 큰 승리를 거두었던 것.

1380년 8월, 그러니까 고려 말에 왜구가 무려 500척의 배에 병력을 태우고 한반도를 쳐들어왔다. 병력 규모는 정확하지 않으나 500척의 배로 추정컨대 최소 2만, 최대 3만 이상 수준으로 보인다. 그 규모로 볼 때 결코 단순한 해적이 아니었다. 학계에는 당시 일본 호족이 지원하여 사실상 군대로 양성된 집단이라는 설도 존재한다. 또한 황산 대첩 후 고려군이 왜구로부터 노획한 말이 1600여 필이나 되었던 것으로 미루어, 상당한 규모의 기병도 갖춘 정규군 수준의 병력이었다. 그렇게 금강 하류에 도착한 왜구는 지금의 충청도와 전라도, 더 나아가 아예 지리산을 통과하여 경상도까지 휩쓸며 방화, 살육, 약탈을 자행했고, 이로 말미암아 고려 백성들은 엄청난 피해를 입었다.

그러나 이를 악물고 준비한 화약 무기를 처음 등

장시킨 고려군은 금강 하류에 정박해 있던 500척의 왜선을 모두 불태웠다. 육지에 상륙한 왜구는 일본으로 돌아갈 방법이 사라지자 더욱 악랄하게 약탈하며 버텼다. 이에 고려 정부에서는 지리산 동쪽으로 9명의 장수를 파견하여 왜적의 움직임을 지리산 안으로 묶어두고, 지리산 서쪽으로는 최영에 이어 당대 고려 최고의 명장으로 올라선 이성계를 파견하여 왜구를 완전히 소탕할 것을 명했다.

이때 이성계는 양광 · 전라 · 경상 삼도도순찰사(三道都巡察使)라는 높은 지위를 부여받고 병력을 이끌었다. 이성계의 부대는 오늘 내가 버스를 타고 온 방향, 즉 전주에서 남원 시내를 통과해 지리산으로 이동했다. 드디어 황산 서쪽에서 만난 고려군과 왜구는 치열한 전투를 벌이게 된다. 고려군은 침입자를 살려둘 생각이 없었고, 왜구는 배가 모두 불타서 달아날 방법이 사라진 이상 배수의 진을 펼칠 수밖에 없었다. 그리고 이 어려운 전투에서 이성계는 신묘한 능력을 보였으니…….

어느덧 나는 홀린 듯 버스 터미널 밖으로 나와 택시를 탔다. 이성계 이야기가 시작된 김에 황산 대첩이 있었던 곳을 잠시 구경해보기로 하자. 택시로 겨우 5분 걸린다.

황산 대첩비

태조(이성계)는 안열(安烈) 등과 함께 남원(南原)에 이르니 적군과 서로 거리가 1백 20리(里)였다. 극렴(克廉) 등이 와서 길에서 태조를 뵙고 기뻐하지 않는 사람이 없었다. 태조가 하루 동안 말을 휴식시키고는 그 이튿날 싸우려고 하니, 여러 장수들이 말하기를,

"적군이 험지(險地)에 있으니 그들이 나오기를 기다려 싸우는 것이 나을 것입니다."

하니, 태조는 분개하면서 말하기를,

"군사를 일으켜 의기를 내 대적함에 오히려 적군을 보지 못할까 걱정했는데, 지금 적군을 만나 치지 않는 일이 과연 옳겠는가?"

하면서, 마침내 여러 군대의 부서(部署)를 정하여, 이튿날 아침 하늘에 맹세하고 동(東)으로 갔다. 운봉(雲峰: 남원의 옛 지명)을 넘으니 적군과 거리가 수십 리(里)였다. 황산(黃山: 荒山) 서북쪽에 이르러 정산봉(鼎山峰)에 올라서 태조가 큰길 오른쪽의 작은 길을 보고서 말하기를,

"적군은 반드시 이 길로 나와서 우리의 후면(後面)을 습격할 것이니, 내가 마땅히 빨리 가야 되겠다."

하면서, 마침내 자기가 빨리 갔다. 여러 장수들은 모두 평탄한 길을 따라 진군했으나, 적군의 기세가 매우 강성함을 바라보고서는 싸우지 않고 물러갔으니, 이때 해가 벌써 기울었다. 태조는 이미 험지(險地)에 들어갔는데 적군의 기병과 정예병이 과연 튀어나오는지라, 태조는 대우전(大羽箭: 긴 화살) 20개로써 적군을 쏘고 잇달아 유엽전(柳葉箭: 정교한 명중률을 자랑하는 화살)으로 적군을 쏘았는데, 50여 개를 쏘아 모두 그 얼굴을 맞히었으되, 시윗소리에 따라 죽지 않은 자가 없었다.

무릇 세 번이나 만났는데 힘을 다하여 최후까지 싸워 이를 죽였다. 땅이 또 진창이 되어 적군과 우리 군사가 함께 빠져 서로 넘어졌으나, 뒤미처 나오자 죽은 자는 모두 적군이고 우리 군사는 한 사람도

상하지 않았다. 이에 적군이 산을 의거하여 스스로 방어하므로, 태조는 사졸들을 지휘하여 요해지를 나누어 차지하고, 휘하의 이대중(李大中) · 우신충(禹臣忠) · 이득환(李得桓) · 이천기(李天奇) · 원영수(元英守) · 오일(吳一) · 서언(徐彦) · 진중기(陳中奇) · 서금광(徐金光) · 주원의(周元義) · 윤상준(尹尚俊) · 안승준(安升俊) 등으로 하여금 싸움을 걸게 하였다. 태조는 쳐다보고 적군을 공격하고, 적군은 죽을힘을 내어 높은 곳에서 부딪치니, 우리 군사가 패하여 내려왔다.

태조는 장수와 군사들을 돌아보고 말하기를,

"말고삐를 단단히 잡고 말을 넘어지지 못하게 하라."

하였다. 조금 후에 태조가 다시 군사로 하여금 소라(螺)를 불어 군대를 정돈하게 하고는 개미처럼 붙어서 올라가 적진에 부딪쳤다. 적의 장수가 창을 가지고 바로 태조의 뒤로 달려와서 심히 위급하니, 편장(偏將) 이두란(李豆蘭)이 말을 뛰게 하여 큰소리로 부르짖기를,

"영공(令公), 뒤를 보십시오. 영공, 뒤를 보십시오."

하였다. 태조가 미처 보지 못하여, 두란이 드디어 적장을 쏘아 죽였다. 태조의 말이 화살에 맞아

넘어지므로 바꾸어 탔는데, 또 화살에 맞아 넘어지므로 또 바꾸어 탔으나, 날아오는 화살이 태조의 왼쪽 다리를 맞혔다. 태조는 화살을 뽑아 버리고 기세가 더욱 용감하여, 싸우기를 더욱 급하게 하니 군사들은 태조의 상처 입은 것을 알 수 없었다. 적군이 태조를 두서너 겹으로 포위하니, 태조는 기병 두어 명과 함께 포위를 뚫고 나갔다. 적군이 또 태조의 앞에 부딪치므로 태조가 즉시 8명을 죽이니, 적군은 감히 앞으로 나오지 못하였다. 태조는 하늘의 해를 가리키면서 맹세하고 좌우에게 지휘하기를,

"겁이 나는 사람은 물러가라. 나는 그래도 적과 싸워 죽겠다."

하니, 장수와 군사가 감동 격려되어 용기백배로 사람마다 죽음을 각오하고 싸우니, 적군이 나무처럼 서서 움직이지 못하였다. 적의 장수 한 사람이 나이 겨우 15, 6세 되었는데, 골격과 용모가 단정하고 고우며 사납고 용맹스러움이 비할 데가 없었다. 흰 말을 타고 창을 마음대로 휘두르면서 달려 부딪치니, 그가 가는 곳마다 쓰러져 흔들려서 감히 대적하는 사람이 없었다. 우리 군사가 그를 아기발도(阿其拔都)라 일컬으면서 다투어 그를 피하였다. 태조는 그의 용감하고 날랜 것을 아껴서 두란에게 명하여 산 채로 사로잡게 하니, 두란이 말하기를,

"만약 산 채로 사로잡으려고 하면 반드시 사람을 상하게 할 것입니다."

하였다. 아기발도는 갑옷과 투구를 목과 얼굴을 감싼 것을 입었으므로, 쏠 만한 틈이 없었다. 태조가 말하기를,

"내가 투구의 정자(頂子: 모자 끝 장식)를 쏘아 투구를 벗길 것이니 그대가 즉시 쏘아라."

하고는, 드디어 말을 채찍질해 뛰게 하여 투구를 쏘아 정자를 바로 맞히니, 투구의 끈이 끊어져서 기울어지는지라, 그 사람이 급히 투구를 바루어 쓰므로, 태조가 즉시 투구를 쏘아 또 정자를 맞추니, 투구가 마침내 떨어졌다. 두란이 곧 머리를 쏘아서 죽이니, 이에 적군이 기세가 꺾이었다.

태조가 앞장서서 힘을 내어 치니, 적의 무리가 쓰러져 흔들리며 날랜 군사는 거의 다 죽었다. 적군이 통곡하니 그 소리가 만 마리의 소 울음과 같았다. 적군이 말을 버리고 산으로 올라가므로, 관군이 이긴 기세를 타서 달려 산으로 올라가서, 기뻐서 고함을 지르고 북을 치며 함성을 질러, 소리가 천지를 진동시켜 사면에서 이를 무너뜨리고 마침내 크게 쳐부수었다. 냇물이 모두 붉어 6, 7일 동안이나 빛깔이 변하지 않으므로, 사람들이 물을 마실 수가 없어서 모두 그릇에 담아 맑기를 기다려 한참 만에야

물을 마시게 되었다. 말을 1600여 필을 얻고 무기를 얻은 것은 헤아릴 수도 없었다. 처음에 적군이 우리 군사보다 10배나 많았는데 다만 70여 명만이 지리산(智異山)으로 도망하였다. 태조는 말하기를,

"적군의 용감한 사람은 거의 다 없어졌다. 세상에 적을 섬멸하는 나라는 있지 않다."

하면서, 마침내 끝까지 추격하지 않고 이내 웃으며 여러 장수들에게 이르기를,

"적군을 공격한다면 진실로 마땅히 이와 같이 해야 될 것이다."

하니, 여러 장수들이 모두 탄복하였다. 물러와서 군악(軍樂)을 크게 울리며 연회를 베풀고 군사들이 모두 만세를 부르며 적군의 머리를 바친 것이 산더미처럼 쌓였다.

《태조실록》 1권, 총서 66번째 기사

당시 이성계의 어마어마한 활약은 이처럼 《조선왕조실록》에 잘 담겨 있다. 게다가 실록 내용이 마치 소설처럼 전투 장면을 생생하게 묘사하였기에 굳이 여기서 황산 대첩에 대한 묘사를 내가 더할 필요는 없을 듯하다. 다만 이때 이성계가 고려의 신하로서 아직 왕이 아니었음에도 태조라 칭한 것은 조선 왕조가 건국된 후 해당 기록을 다시금 정리했기

때문이다.

황산 대첩 당시 이성계의 나이는 마흔여섯으로, 60대 중반으로 나이가 많아진 최영에 이어 현장에서 고려군을 직접 이끌 명장으로 인정받고 있었다. 이미 수많은 전투에서 승리한 경력을 갖추고 있던 이성계는 황산에서의 큰 승리로 고려 내에서 최영과 거의 동급의 영웅 반열에 올라서게 된다. 40년간 고려를 끊임없이 침입하던 일본 해적은 이때 무려 500척의 배를 잃었을 뿐만 아니라, 황산 대첩에서 그동안 모아온 대규모 병력을 완전히 잃게 되면서 이 뒤로 더 이상 고려에 큰 위협을 주지 못하게 되었으니까.

그뿐만 아니라 황산 대첩을 기점으로 함경도 출신의 변방 무인이었던 이성계에게 사람들이 모이기 시작하면서 1392년, 드디어 조선이 건국되기에 이른다. 황산 대첩 후 겨우 12년이 지난 뒤의 일이다. 이때 이성계에게 모여든 사람들은 신진 사대부로, 동시대 지식인이자 새로운 미래를 꿈꾸는 세력이었다. 대표적 인물로는 정도전이 있다. 이들은 고려 말 현실의 한계에 부딪쳤던 성리학 이념을 바탕으로 한 개혁 정책을 이성계라는 영웅을 통해 새로운 나라를 건국함으로써 펼쳐 보였다.

이처럼 이성계에게는 전주가 아니라 남원이야말

로 진정한 기회를 준 땅이었던 것. 그리고 그의 후손인 선조가 1577년, 이곳에 황산 대첩비를 세우게 된다. 전라도 관찰사 박계현이 옛날 태조가 승전했던 황산에 비석을 세우는 것이 좋겠다는 청을 해옴에 따라 왕명으로 건립하도록 했던 것. 그러나 선조 대인 1592년에 일본이 또다시 한반도를 침략한 임진왜란이 발발했으니, 이때는 다행히도 이성계를 대신하여 이순신이 있었다.

하지만 19~20세기 초반에 다시 한 번 일본이 한반도를 침략했을 때는 이성계와 이순신을 이을 장수가 한반도에 없었다. 결국 일본은 한반도를 식민지로 삼았으니, 왜구를 소탕하여 왕이 된 이성계 입장에서는 죽어서도 참으로 통탄할 일이 아닐 수 없네. 결국 꾸준한 국방력 강화와 뛰어난 병력 및 실력 있는 장교 배출은 한반도 생존을 위해서라도 한시도 멈출 수 없는 참으로 중요한 일이라 하겠다. 만일의 위급한 순간이 닥치면 이성계, 이순신 같은 인물이 등장할 수 있도록 말이지.

택시에서 내려 황산 대첩비가 있는 장소로 걸어간다. 작은 전각들이 보이고 주변으로는 담을 세운 뒤 정문을 만들어두었네. 멀리서 보니 문화 탐방을 다니는 팀인지 10명 정도의 인원이 함께 관람하고 있군. 그럼, 나는 저분들을 위해 잠시 다른 곳부터 보고 들어가기로 하자.

황산 대첩비가 있는 위치에서 왼편으로, 그러니까 서쪽으로 70m를 이동하면 어휘각(御諱閣)이라는 현판이 걸린 전각이 있다. 나무 사이에 숨어 있어 잘 보이지 않을 수도 있으니 길 따라 쭉 걸어가자. 큰 바위 위에 나무 기둥을 세우고 기와를 인 건물을 지었는데, 어휘(御諱)가 임금의 이름을 뜻하니 임금의 이름이 새겨진 바위인가보다.

원래 이 바위는 이성계가 1380년 황산 대첩 후 당시 전투에 참여했던 8명의 장군과 4명의 종사관 이름을 자신의 이름과 함께 새겨서 그 업적을 영원히 함께 나누고자 했던 장소다. 즉, 총 13명의 이름이 바위에 새겨져 있었던 것. 이것을 일본이 1945년에 정으로 일일이 글씨를 쪼아 없애고 전각 역시 부수어버렸다. 민족 말살 정책의 일환이었다 하는군. 지금 바위에 만든 전각은 1973년에 다시 세운 것이다.

한참 안타까운 역사의 흔적을 확인한 후 이번에는 황산 대첩비를 보러 간다. 여전히 문화 탐방 팀은 인솔자의 설명을 들으며 관람 중이군. 슬며시 들어가본다. 담 안에는 오른쪽으로 파비각(破碑閣)이 있고 정면에는 황산 대첩비, 그리고 왼쪽에는 황산 대첩 사적비가 있다. 파비각은 명칭 그대로 부서진 비석을 모아놓은 보호각인데, 가까이 가보니 큰 비석

어휘각(御諱閣). 이 바위는 이성계가 1380년 황산 대첩 후 당시 전투에 참여했던 8명의 장군과 4명의 종사관 이름을 자신의 이름과 함께 새겨서 그 업적을 영원히 함께 나누고자 했던 장소다. (위) 일본이 1945년에 정으로 일일이 글씨를 쪼아 없앤 흔적. ©Park Jongmoo

事蹟碑閣

오른쪽으로 파비각(破碑閣)이 있고 정면에는 황산 대첩비, 그리고 왼쪽에는 황산 대첩 사적비가 있다. ©[illegible]

이 박살이 나 쓸쓸히 누워 있고 글씨는 정으로 하나하나 쪼아서 없앤 흔적이 그대로 남아 있다. 선조 때 만들어진 황산 대첩비가 다름 아닌 이것이다. 그렇다. 이 역시 일본이 민족 말살 정책을 펼친다 하여 1945년에 저지른 만행이다.

가운데에 있는 황산 대첩비는 거북 모양의 받침돌 위에 비석이 올라가 있다. 거북이는 몸에 상처가 가득하니, 이 역시 1945년 일본에 의해 박살난 것을 하나하나 다시 맞추어 복구한 흔적이다. 그리고 그 위에 해방 후인 1957년 파비각에 누워 있는 비석을 대신하여 비문을 다시 새긴 비석을 세우고, 1973년에 보호각을 올렸다. 마지막으로 황산 대첩 사적비는 조선 말 고종 때 세웠다가 역시나 1945년 박살이 난 후 1958년 복구시켜 놓았다.

한때 국가를 세운 위대한 인물의 업적이 담긴 장소가 지금은 나라 잃은 울분이 남겨져 있는 장소로 변모하고 말았네. 하나하나 상처가 남아 있는 유적을 볼 때마다 입에서 저절로 욕이 튀어나오는 것을 참았다. 문화 탐방 팀이 나간 뒤로도 더 살펴보다가 나온다. 이런 일이 다시는 한반도에서 벌어지지 않도록 준비 단단히 하고 살아야겠다.

신라 3최(崔) 중 최승우

근처 버스 정류장으로 다시 이동. 오후 3시 20분을 조금 넘어 저기 버스가 오고 있네. 남원 시내에서 출발하여 인월지리산공용터미널을 들른 후 실상사로 가는 버스다. 당연히 놓치면 안 된다. 타자.

버스를 타고 이동하면서 새로운 시대에 대해 고민해본다. 고려 말 이성계가 왜구를 완벽히 제압하면서 나라 최고의 영웅이 되자 많은 사람들이 주변에 모였다. 그중 신진 사대부, 즉 새로운 유교 사상으로 무장한 이들이 이성계를 보좌하면서 조선이라는 나라가 건국된다.

견훤 역시 마찬가지였다. 젊은 시절 한반도 서·남해에 등장한 신라 해적을 막으며 신망을 얻은 견훤은 통일 신라 말 나라에 큰 난리가 나자 그의 주변으로 사람이 모이며 결국 후백제라는 나라를 세웠다. 그렇다면 이성계의 고려 말 신진 사대부처럼 이때 견훤을 지지한 통일 신라 말기의 지식인으로는 누가 있었을까?

> 인연(仁渷: 최인연=최언위)은 신라의 귀족이다. 이른바 일대삼최(一代三崔)가 모두 당나라에 유학하여 급제자 명단에 적히고 귀국하였으니, 최치원(崔致遠) · 최인연(崔仁渷)=최언위 · 최승우(崔承祐)라 하는데, 인연은 그 중간에 속하는 사람이다.
>
> 태자사 낭공대사탑비(太子寺 郎空大師塔碑)

이는 917년에 최언위에 의해 문장이 지어지고, 고려 시대인 954년에 세워진 '태자사 낭공대사탑비(太子寺 郎空大師塔碑)'에 등장하는 문장이다. 음. 이때부터 이미 최치원, 최언위, 최승우가 함께 언급되고 있었군.

역사에 관심이 있다면 '신라 3최(崔)'라는 표현을 한 번쯤 들어본 적이 있을 것이다. 앞에서 언급한 최치원, 최언위, 최승우가 바로 그 주인공으로, 이들은 6두품 신분이자 신라의 엄격한 신분제로 인해 출세의 한계를 지닌 인물을 대표하기도 했다. 특히 세

태자사 낭공대사탑비. 국립중앙박물관. ©Park Jongmoo

사람 모두 통일 신라 말기의 혼란을 경험했기에, 후대 들어오면서 아예 신라 3최라 묶어 표현하게 된다. 세 사람은 다음과 같은 공통점이 있다.

우선 성이 모두 최씨이며, 최치원과 최언위는 사촌 간이기도 했다. 기록에는 없지만 최승우 역시 혈연적으로 이들과 가깝든 멀든 친척 관계였을 것이다. 또한 모두 6두품 신분의 한계를 넘기 위해 당나라로 유학 가서 빈공과, 즉 과거 시험에 합격했다. 최치원은 874년, 최언위는 885년, 최승우는 890년에 각각 합격했다. 그리고 세 사람 모두 당나라에서 활동을 하다가 귀국했다.

하지만 당나라에서 돌아온 뒤 이들의 행적은 각기 달랐으니, 우선 최치원은 시독(侍讀) 겸 한림학사(翰林學士), 수병부시랑(守兵部侍郎), 지서서감사(知瑞書監事) 등의 벼슬을 지내며 신라 정부에 충성했고, 그 결과 6두품 최고 지위인 아찬까지 승진했다. 하지만 딱 여기까지였다. 오직 신라 왕족인 진골만 올라갈 수 있던 각간, 이찬, 잡찬, 파진찬, 대아찬까지는 아무리 뛰어난 실력을 지닌 최치원이라도 올라갈 수 없었기 때문. 그렇게 나라의 개혁을 꿈꾸던 그는 여전한 현실의 벽을 경험한 뒤 중앙 정치를 포기했다. 그 대신 지방 태수를 역임하다 본격적인 후삼국 시대가 열리는 말년이 되자 해인사로 가서 지내다가 조용히 죽음을 맞이한다.

반면 최언위는 최치원보다 어렸기에 후삼국 시대에 들어와 더욱 적극적인 활동이 가능했다. 최언위는 당나라 유학을 끝내고 돌아온 후 한동안 신라 정부에서 일하다가, 고려의 왕건에게 귀부하여 고려의 신하가 되었다. 고려가 후삼국 시대의 승자가 되면서 최언위 역시 크게 성공한 지식인의 삶을 살았다. 왕건의 후원으로 대단히 높은 신분까지 올라갔기 때문.

마지막으로 최승우는 당나라에 유학 간 지 3년 만에 과거 시험인 빈공과에 합격한 인재였다. 또한 당나라 유학 시절 중국의 다양한 고위직과 교류를 한 흔적이 남아 있어 상당한 문장가로서 이름을 떨쳤음을 알 수 있다. 특히 최승우가 저장성(浙江省)과 장시성(江西省) 일대를 유람한 뒤 〈경호(鏡湖)〉와 〈억강서구유인기지기(憶江西舊遊因寄知己)〉 등의 시를 썼기에, 그 지역에서 중국 오월(吳越)의 왕이 되는 전유(錢鏐)가 아직 지방을 통치하는 절도사 신분일 때 그의 휘하에서 잠시 활동했던 것으로 추정하고 있다.

그런데 전유는 893년 지방의 절도사가 된 후 907년부터 오월 왕이 되었으며, 932년 왕의 신분으로 죽었다. 무엇보다 가난한 집안에서 태어나 큰 난이 벌어질 때 나라에 공을 세워 성공한 인물이기에, 그 역시 신분의 한계를 과감히 넘어섰음을 의미한다. 그런 전유가 오월 왕에 오르자, 유명무실해진 당나라에서는 어쩔 수 없이 이를 추인할 수밖에 없었다. 참고로 이때 오월이라는 국명은 통치하는 지역이 과거 오월이라는 나라가 있던 곳이라서 그리 정한 것.

최승우는 이 장면을 직접 경험하면서 비슷한 시점에 큰 난이 벌어지던 신라를 객관적으로 볼 수 있게 된다. 즉, 당나라처럼 신라도 신분에 구애받지 않고 개인의 실력만 있다면 왕이 될 수 있는 시대가 온 만큼, 과연 자신은 어떤 행동을 취하는 것이 옳을까? 이 지경이 되어도 여전히 옛 관습에 매달리고 있는 신라는 정답이 될 수 없었다. 새 술은 새 부대에 담아야겠지.

마침 이 당시 견훤은 전유와 비슷하게 892년부터 신라 서쪽을 통치하는 공(公)의 지위에 스스로 올라 있었으며, 900년부터 935년까지는 옛 백제 지역에서 후백제 왕으로 활동했다. 즉, 오월 왕 전유와 시기가 거의 겹치는 것이다. 그뿐만 아니라 오월과 후백제는 900년 전후부터 외교 관계를 수립하여 적극적으로 교류를 이어갔다. 이는 두 나라 모두 각각 당나라와 신라에서 독립한 신생 국가였기에 비슷한 처지인 데다, 바다를 통하면 바로 접하는 위치였기 때문. 이에 최승우는 고민 끝에 오월과 비슷한 분위기를 지닌 후백제를 자신의 정착지로 선택한다.

이는 당대 대표적 지식인으로서 최승우가 후백제 견훤에 귀부했다는 것을 뜻한다. 기록에 구체적으로 남아 있지 않을 뿐, 최승우처럼 당시 재당 신라인, 신라 내 불만을 지니고 있던 호족 및 문인 중에서 견훤에게 적극적으로 모이는 이도 무척 많았을 것이다. 이처럼 새 시대를 꿈꾸는 이들이 모이면서 견훤은 한 나라를 건설하고 운영할 수 있는 힘을 갖추게 된다. 하지만 이 외에도 견훤을 지지하는 또 다른 세력이 있었으니…….

7

남원 실상사

달리는 버스 안에서

이성계는 왕이 되는 과정에서 무학 대사의 도움을 많이 받았다고 전해진다. 무학 대사(無學大師, 1327~1405년)는 이성계보다 8살 위면서 3년 빨리 세상을 떴는데, 긴 인연만큼 이성계와 연결되는 여러 이야기가 정사, 야사 할 것 없이 여전히 많이 남아 전해지고 있다. 특히 무학(無學)이라는 표현과 달리 그는 당대 세계 수도였던 원나라 수도로 유학을 가서, 그곳에 머물던 인도 출신 고승 지공 대사로부터 도(道)를 인가받은 고승 중 고승이었다. 이에 조선이 세워지자 이성계는 무학 대사를 왕사로 삼는다. 왕사(王師)는 임금의 스승이자 백성들을 정신적으로 지도할 수 있는 승려에게 주는 최고의 벼슬이었다.

이성계와 무학 대사의 일화 중 특히 유명한 것은 이성계의 꿈 해몽에 대한 것이 아닐까? 이성계가 서까래 세 개를 등에 짊어지고 무너지는 집에서 나오는 꿈을 꾸었다고 하자, 무학 대사는 이렇게 해몽했다고 한다. "이는 임금 왕(王)을 의미하니 공이 왕이 될 것이라는 꿈이오." 이처럼 불교문화가 중요한 시대에는 왕마저도 승려와 남다른 인연을 만들어갔다. 그렇다면 통일 신라 말기 역시 불교문화가 강했던 만큼 견훤을 지지한 승려가 있지 않았을까?

차창 밖으로 지리산 풍경을 보고 있는데, 버스가 산속으로 쑥 들어간다. 얼마 지나면 실상사에 도착할 듯하다. 어제 국립전주박물관에서 후백제 전시 공간을 이야기하다가 "전라북도 유형문화재 제247호 편운화상부도(片雲和尙浮屠)의 탁본이 보이고."라 했었는데, 바로 그 편운화상부도가 실상사에 있다. 즉, 오늘 남원에 온 진짜 목표는 실상사 중에서도 편운화상부도를 확인하러 가는 것.

특히 이 승탑에는 견훤과 연결되는 부분이 있으니, 탑 몸통에 "正開十年庚午(정개십년경오)"라는 문장이 새겨져 있기 때문이다. 더 정확히는 "創祖洪陟弟子 安峯創祖片雲和尙浮屠 正開十年庚午歲建(창조홍척제자 안봉창조편운화상부도 정개십오년

경오세건)"이라 되어 있으며, 일부 정보를 더해 해석하면 "실상사를 창건한 홍척의 제자이자 안봉사를 창건한 편운 화상의 부도이다. 정개 10년 경오년에 세우다."라 되어 있는 것.

여기서 정개(正開)라는 표현은 연호(年號)로서 사용된 것이다. 연호는 과거 군주 국가에서 군주가 나라를 지배할 때 자신의 치세 시점을 기준으로 해를 세도록 한 것에서 비롯된다. 예를 들면 여전히 군주제가 남아 있는 일본의 경우 새 군주 즉위와 함께 2019년부터 레이와(令和)라는 연호를 사용하고 있으니, 2020년에는 레이와 2년이 되는 방식이다.

19세기 이후 기독교 문화를 기반으로 한 서양 문화가 세계를 휩쓸면서 예수 탄생 시점으로 해를 세는 연대 표시가 서구를 넘어 지구촌의 기준이 되었으나, 그 이전에는 이처럼 다른 방식으로 해를 세는 기준이 있었던 것이다. 과학 기술이 급속히 발달하고 무교 비중이 갈수록 늘어나는 만큼, 언젠가 달과 화성에 사람이 사는 시대가 열리면 우주 진출을 기준으로 해를 나눌 수도 있겠지.

어쨌든 아시아에서 연호 개념을 처음 도입한 것은 중국으로, 통일 왕국인 한나라 시대부터 황제를 중심으로 지방의 제후까지 통일된 연호를 사용하게 된다. 이는 황제가 시간과 공간을 지배한다는 사상이 바탕이 된 것으로, 시간이 지나자 중국 외에도 황제의 연호를 사용하는 지역이 점차 늘어났다. 중국과 외교 관계를 정립한 주변 국가들이 중국 황제가 사용하는 연호를 자기 나라에서도 활용했기 때문이다.

신라는 법흥왕부터 진덕 여왕까지만 하더라도 건원(建元, 536~550), 개국(開國, 551~567), 대창(大昌, 568~571), 홍제(鴻濟, 572~584), 건복(建福, 584~633), 인평(仁平, 634~647), 태화(太和, 647~650)라는 독자적 연호를 사용했다. 그러나 당나라와 적극적으로 외교 관계를 성립한 후부터는 당 황제의 연호를 받아와 사용했다. 이는 당나라가 아시아 지역에 지닌 영향력과 힘을 고려한 결과라 하겠다.

하지만 당나라가 무너지면서 군웅할거 시대가 열리자 황제를 중심으로 한 연호 역시 의미가 크게 상실되고 말았다. 어느덧 시간과 공간을 통치한다는 황제의 권위가 전혀 유지되질 못했으니까. 앞에서 이야기한 오월(吳越)을 세운 전유(錢鏐) 역시 907년 당나라가 멸망한 이후부터 독자적인 연호를 사용했다. 중국부터 이런 상황이었으니 한반도는 과연 어떠했을까?

견훤은 시대 상황의 변화를 빠르게 인식하고 후백제 왕이 된 다음 해인 901년, 정개(正開)라는 독자적 연호를 반포함으로써 나름의 천하관을 갖추게 된다. 견훤보다 1년 늦은 901년에 후고구려를 세운 궁예 역시 왕이 된 후 무태(武泰), 성책(聖冊), 수덕만세(水德万歲), 정개(政開) 등의 연호를 사용했으며, 궁예를 내쫓고 고려를 세운 왕건 역시 918년부터 천수(天授)를 연호로 사용했다.

이처럼 연호까지 사용할 정도로 독자성을 강조했던 후백제 덕분에 실상사에는 '정개십년(正開十年)'이라 하여 910년 후백제 연호를 새긴 승탑까지 만들어졌던 것이다.

음. 슬슬 버스에서 내릴 시간이 되었군.

불교 역사와 실상사

와우. 공기가 너무너무 좋다. 이건 뭐, 다른 세상에 온 느낌이네. 그뿐만 아니라 버스에서 내린 후 만난 거리는 1960, 70년대의 모습을 그대로 간직한 것 같다. 그래서 실상사에 올 때마다 마치 타임머신을 탄 느낌이 난다니까. 과거로 온 느낌?

지리산으로 완벽하게 둘러싸인 분지에 위치한 실상사는 뛰어난 자연 경관과 남다른 공기가 마치 무릉도원 같다고나 할까? 조선 영조 때인 1725년에 만들어진 석장승을 지나 해탈교를 건너면, 저 멀리 익숙하게 보이기 시작하는 실상사 기와 건물들. 이제 조금만 더 걸어가면 도착이다. 실상사는 신라 후기 구산선문(九山禪門) 중 하나로 탄생한 선종(禪

실상사. 지리산으로 완벽하게 둘러싸인 분지에 위치한 실상사는 뛰어난 자연 경관과 남다른 공기가 마치 무릉도원 같다. (위)천왕문. ©Park Jongmoo

宗) 사찰이다. 그럼 이쯤에서 이곳 사찰 이해를 위해 불교 역사에 대해 간략히 언급해보기로 할까?

큰 깨달음을 얻고 그 가르침을 알린 석가모니(기원전 563~기원전 483년)로 인해 시작된 불교는 인간이 스스로의 깨달음을 통해 해탈에 이를 수 있다는 사상을 가지고 있었다. 이는 어느 순간부터인지 몰라도 인간이 신이라는 존재를 만들어 모시고, 더 나아가 신이 인간을 구원한다고 믿었던 당시 인도 종교와 비교하면 매우 혁명적인 인식 전환이라 하겠다. 불교의 이러한 사상은 대중들에게 높은 지지를 받았기에, 인도 최초의 통일 왕조인 마우리아 왕조의 아소카왕(재위 기원전 268~기원전 232년)은 불교를 국가 지배 이념으로 삼게 된다.

그리고 시간이 흐르고 흘러 중국으로 불교가 전해졌다. 때마침 중국에 위진 남북조 시대라는 어마어마한 혼란이 닥치면서 불교의 인기는 급성장할 수 있었다. 끊임없는 왕조 교체로 인한 전란과 고통 속에서 그나마 불교가 마음의 안식처가 되는 유일한 공간으로 다가왔기 때문. 그러자 여러 왕조들은 불교에 적극적인 관심을 가지고 부처의 말씀이 담긴 불경을 본격적으로 번역하기 시작했으니, 서역을 넘어 멀고 먼 인도까지 직접 가서 경전을 구해 중국으로 가져와 이를 한문으로 번역하는 일이 열풍처럼 일어났다.

하지만 불교 교리에 대한 깊은 이해와 더불어 안정된 통일 왕조인 당나라 시대가 열리면서 점차 새로운 불교 운동이 등장하게 된다. 수많은 불교 경전을 번역하고 그 내용과 논리를 바탕으로 공부하던 종파를 대신하여, 진리는 경전의 단순한 지적 이해가 아닌 명상과 참선을 통한 직관적 체험이 중요하다는 종파가 나타났으니까. 이것이 바로 선종(禪宗)이었다.

선종은 경전이라는 권위에 매몰되어 있는 기성 불교계를 비판하며, 인간은 누구나 불성을 가졌기에 수행을 통해 순간에 해탈로 이를 수 있다고 주장했다. 이러한 주장은 종류도 많고 두껍기까지 한 경전을 이해할 수 있는 소수의 귀족들을 위한 종교로 이어지던 기성 불교를 대신하여 하층 민중의 큰 지지를 받았다. 물론 기성 불교계에서는 선종 사상에 대해 처음에는 매우 비판적이었으나, 시간이 지나면서 서로 절충점을 찾아나간다.

이렇게 등장한 선종 사상은 신라로도 빠르게 전달되었다. 9세기 들어와 당나라에서 유학하던 수많은 신라의 승려들이 선종의 사상에 영향을 받고 그것을 배워 와, 신라에 선종 사찰을 만든다. 이것이 바로 선종 9산이며 구산선문(九山禪門)이라 부르기도 한다. 이런 과정을 이해하고 이들 구산선문을 살펴보면 다음과 같은 공통점이 있었다.

1. 사찰을 창건한 사람이 당나라에 유학한 경력이 있거나 유학승을 스승으로 두고 배웠다.

2. 사찰을 창건한 사람의 신분이 신라 주요 귀족 계층이 아니라 그보다 서열이 조금 낮은 편에 속했다. 즉, 진골 가문에서 어떤 이유로 신분이 격하된 가문 출신이거나 지방 호족의 자제 등이었다. 신분상 당시 정치사회적으로 주목받기 시작하던 6두품이나 지방 호족과 유사했던 것.

3. 사찰을 창건한 후 모신 부처 중에 철불이 많다. 재료가 비싼 청동보다 구하기 쉬운 철로 만든 부처를 선호했다는 뜻. 이 역시 기존의 시스템과 비교하여 도전적인 형식이라 하겠다.

4. 창건된 사찰은 신라의 수도 경주가 아닌 지방 곳곳에 위치했다. 정치, 경제 중심지에서 벗어나도 불교 교리를 전파하는 데 전혀 문제가 없음을 보여준 것이다.

5. 처음에는 호족 또는 해당 지역을 식읍으로 가진 진골 귀족의 후원을 받았으나, 나중에는 신라 왕까지 선종 승려의 지방에 대한 큰 영향력을 인정하여 적극 후원하기에 이른다.

6. 신라 왕이 선종 승려를 인정하면서 승려의 사리를 안치한 승탑과 더불어 삶의 궤적을 기록한 비석이 사찰마다 경쟁적으로 만들어지기 시작했다. 이는 석가모니의 사리를 모시는 데서 시작된 탑 문화가 선종 승려를 위한 탑으로 연결되었음을 의미한다. 즉, 한 명 한 명의 선종 고승들에게 사실상 부처와 마찬가지의 대접을 해준 것이다.

7. 이처럼 높은 권위를 갖추면서 선종은 후삼국시대 들어와 호족들에게 사상적 근거로 자리 잡는다. 누구나 부처가 될 수 있다는 선종의 교리는 왕즉불(王卽佛), 즉 왕이 곧 부처라는 사상으로 왕권을 신성시하던 신라 왕을 대신하여 누구든 민중의 지지를 받으면 왕이 될 수 있다는 논리로 이어질 수 있기 때문이다.

잠시 불교 역사를 정리하다보니 금세 실상사 입구에 도착했군. 이제 들어가볼까.

실상사의 보물들

천왕문을 따라 사찰 내부로 쭉 들어서니, 실상사 동 · 서 삼층 석탑이 보인다. 높이가 각각 8.4m의 쌍탑으로 날렵한 형상이 인상적이네. 전형적인 삼층 석탑의 모습이면서도 그 비례가 참으로 아름답군. 통일 신라 말에 만들어져 마지막 전성기의 미감을 지닌 석탑이다. 이 외에도 실상사에는 국보와 보물이 가득한데 다음과 같다.

백장암 삼층 석탑(국보 제10호), 실상사 수철화상 능가보월탑(보물 제33호), 수철화상탑비(보물 제34호), 실상사 석등(보물 제35호), 실상사 승탑(보물 제36호), 실상사 동 · 서 삼층 석탑(보물 제37호), 실상사 증각대사탑(보물 제38호), 실상사 증각대사탑비

실상사 동 · 서 삼층 석탑. © Hwang yoon

(보물 제39호), 백장암 석등(보물 제40호), 실상사 철조 여래 좌상(보물 제41호), 백장암 청동 은입사 향로(보물 제420호), 약수암 목각 아미타여래 설법상(보물 제421호) 등.

이중 국보인 백장암 삼층 석탑과 보물인 백장암 석등은 실상사에 딸린 암자인 백장암에 있으며, 실상사에서 찻길로 5㎞ 정도 떨어진 산 중턱에 위치하고 있다. 자가용이 없으니 안타깝게도 오늘은 볼 수 없을 듯하다. 걸어서 간다면 오늘 또다시 등산을 해야 한다는 의미인데, 그러다가는 다리가 아플까봐 겁나서 못 가겠다. 슬슬 다리에 무리가 가는 느낌이거든. 또한 백장암 청동 은입사 향로와 약수암 목각 아미타여래 설법상도 본래 실상사 소장품이나, 지금은 금산사 성보박물관으로 옮겼으니 볼 수 없네. 그래도 나머지 유물은 실상사 경내에 있으니, 하나씩 구경해볼까?

쭉 확인하며 다니다보니 실상사에는 유독 증각 대사 및 수철 화상과 관련된 유적이 많은 듯하다. 두 승려가 분명 대단한 인물인가 보군. 증각 대사는 세상을 뜬 후 그 공덕을 찬양하여 시호로 받은 것인데, 증각 대사보다 생존 시 부르던 홍척(洪陟) 선사를 지금도 많이 사용한다. 수철 화상은 홍척 선사의 상제자(上弟子)라 하겠다.

백장암 삼층 석탑과 백장암 석등. ©Park Jongmoo

사실 구산선문(九山禪門) 중 실상산문(實相山門)이 자리 잡은 실상사는 홍척 선사가 창건한 한반도 역사상 첫 선종 사찰이라는 데 그 남다른 의미가 있다. 홍척 선사는 당나라로 유학을 가서 전설적 선승인 마조도일(馬祖道一, 709~788년)의 법을 이은 서당지장(西堂智藏, 735~814년)으로부터 선종을 배우고 그 후 826년 신라로 귀국하여 지리산에서 불법을 펼쳤으니, 나름 한반도 선종의 선구자 중 한 명이다. 또한 활동할 당시 신라 왕까지 그의 제자가 될 정도로 높은 인물로서 대접 받았다.

홍척 선사에게는 많은 제자가 있었는데, 그중에서도 수철(秀澈, 817~893년) 화상이 가장 유명하다. 그는 스승 홍척에게 실상사를 이어받아 크게 성장시켰는데, 당시 두 사람이 남긴 선문답이 지금도 실상사의 수철 화상 탑비에 기록되어 있다.

수철이 홍척에게 제자로 받아달라고 간청하여 그를 제자로 받아들였다. 이에 홍척이 물었다. "자네는 어디서 오는 길인가?" 그러자 수철은 오히려 대답을 하지 않고, 스승에게 반문했다. "스승님의 본성(本性)은 도대체 무엇입니까?" "도가 깃드는 것은 전생의 인연으로부터 온 것이니, 우리 서당(西堂智藏, 735~814년) 가문을 번성시키는 일은 이

(위) 수철화상능가보월탑, 수철화상탑비, (아래) 증각대사탑, 증각대사탑비. © Park Jongmoo

제 너에게 달렸구나."*

남원 실상사 수철 화상 탑비(南原 實相寺 秀澈和尙塔碑)

이렇듯 통일 신라 시대의 두 승려에 의해 발전하

---

* 본래 선문답은 불교 논리법을 상당히 이해한 당사자가 아니라면 이해시키기 어렵다. 고승끼리는 저 문답 속에 숨어 있는 이야기 구조를 듣자마자 곧바로 이해하고 중간 이야기는 생략한 채 곧장 다음 논리에 따라 바로 답을 하는 형식이다. 즉, A→B→C 식 대화가 아니라 A를 통해 B는 이미 두 사람 모두 이해한 채 언급할 필요 없이 곧장 C로 넘어가는 방식이다.

"자네는 어디서 오는 길인가?"

→당연히 고향이나 살던 위치를 물어보는 것이 아님. "삼라만상의 누구이기에 어떤 고민을 가지고 나에게 찾아왔는가?"라고 물어보는 것에 가까움. 즉, 그동안 수행을 통해 어느 레벨까지 올라왔는지 물어보는 것. 지금으로 치면 저명한 물리학 교수가 질문을 가져온 제자에게 논문 작성 중 어느 지점에서 막혔는지 물어보는 것과 유사함. 당연히 이때 스승을 찾아온 이가 질문의 의도를 이해하지 못하고 살던 고향이나 위치를 대답했다면 그대로 끝.

"스승님의 본성(本性)은 도대체 무엇입니까?"

→"부처처럼 세상의 깨달음을 얻는 과정 중 그 답을 찾지 못해 스승님을 뵈러 왔습니다(이 부분이 논리 구조상 B에 해당하며, 두 사람 모두 이해하고 있는 부분이기에 대화에서 아예 생략됨). 저는 단지 인간의 근원, 즉 본성을 찾고 싶을 뿐입니다." 즉, 자신은 부처의 가르침을 좇는 제자이자 수행자이며, 수행 중 아직도 인간의 본성이 무엇인지 완벽히 이해하지 못해 이에 대한 답을 구하는 내용.

"도가 깃드는 것은 전생의 인연으로부터 온 것이니."

→A에서 B를 생략한 채 곧장 C로 단번에 원하는 바를 이야기하는 것을 보고 훌륭한 제자가 될 만한 재목으로 평가. 마치 물리학 교수가 제자의 질문 수준을 보고 미래에 큰 학자가 될 것으로 평가하는 것과 유사함. 이처럼 스승 입장에서는 찾아온 제자가 어느 정도 레벨에 올라온 인물이었던 만큼 전생부터 이미 도를 공부한 인물이라 칭찬한 것.

"우리 서당 가문을 번성시키는 일은 이제 너에게 달렸구나."

"달마→혜능→마조도일→서당→홍척으로 이어지던 불교 학파인 신라 실상산문의 후계자는 바로 너 수철이다." 이는 곧 내 밑에서 수행하여 큰 깨달음을 얻고 실상가문을 이끌도록 하라는 이야기.

던 실상사였으나, 상제자였던 수철 화상이 열반하던 893년 시점에는 어느덧 새로운 환경이 조성되고 있었다. 견훤이 892년부터 신라 서쪽을 통치하는 공(公)의 지위에 스스로 오르더니, 900년부터는 전주에 자리 잡고 아예 후백제 왕이 되었기 때문이다.

한편 910년에 홍척 선사의 또 다른 제자이자 수철 화상과는 동문이었던 편운 화상이 열반하자 실상사에서는 편운화상부도를 만들었다. 그때 사용한 연호가 앞서 설명한 정개십년(正開十年), 즉 후백제의 연호였다.

반면 수철 화상만 하더라도 열반 후 10여 년 뒤인 905년에 비석을 세울 때 천우(天祐)라 하여 당나라 마지막 연호를 사용했다. 이는 곧 905년에는 통일신라의 영향하에 있던 실상사가 불과 5년 만인 910년에는 후백제의 영향하에 들어왔음을 의미한다. 그렇다면 전주에 수도를 정한 견훤이 지리산 서쪽으로 영향력을 미치면서 남원 지역을 완벽히 장악한 시점이 905년부터 910년 사이였음을 알 수 있다. 역사에도 다음과 같이 기록되어 있다.

> 천복(天復) 원년(901) 견훤이 대야성을 쳤으나 함락시키지 못하였다.
>
> 《삼국사기》 열전 견훤

대야성은 과거 대가야 지역에 있었던 성으로 지금의 경상남도 합천에 위치했다. 또한 경주로 가는 길목을 방어하는 성으로서 과거부터 그 유명세가 남달랐다. 즉, 견훤은 900년 전주에서 후백제 왕에 즉위하고 다음 해가 되자 곧바로 높은 기세를 바탕으로 빠르게 지리산을 통과한 후 합천까지 돌진했으나, 신라의 최후 보루였던 대야성을 공략하는 데 실패했던 것이다. 그러자 그는 다음 방법으로 내실부터 갖추기 위해 신라로 가는 입구인 남원을 완벽하게 장악하는 데 공을 들였고, 그 결과 910년이 되면 남원 지역은 견훤의 연호를 사용하기에 이른다. 그렇게 남원을 기반으로 대야성을 두 번 더 공략한 끝에 920년 드디어 함락시켰으니, 오랜 노력 끝에 견훤은 경주로 진격할 수 있는 길을 연 것이다.

편운화상부도를 찾아서

철로 만들어진 불상인 철조 여래 좌상 앞에서 삼배를 하고 약사전 밖으로 나왔다. 높이 2.66m인 철불은 9세기 중엽에 만들어진 통일 신라 후기의 대표적인 작품이자 실상사를 대표하는 부처이다. 경주의 금동 불상처럼 귀티 나는 이상적 형상은 아니나, 그 대신 선(禪) 불교 특유의 대범하고 거침없는 느낌이 잘 표현되어 있다. 이렇듯 통일 신라 말기부터 고려 초기까지는 철불이 무척 많이 조성되었는데, 장흥 보림사 철조 비로자나불 좌상(858년, 국보 제117호)이나 철원 도피안사 철조 비로자나불 좌상(865년, 국보 제63호) 등이 특히 유명하다.

가만 생각해보니, 한때 전국에 있는 철불을 다 보

겠다고 호기롭게 구경하러 다닌 적이 있었네. 참 대단한 열정이었다. 덕분에 전국 철불 중 90% 이상을 본 듯하고 그 과정에서 실상사에도 처음으로 왔던 것이니, 실상사는 나와는 철불로 첫 인연이 맺어진 장소라 하겠다.

자~ 어느덧 사찰 내 유물들은 거의 다 본 것 같은데. 거참, 미로 찾듯이 찾아다녔는데도 편운화상부도가 안 보이는군. 어디 있는 걸까? 스마트폰으로 "편운화상부도"를 검색하니 위치가 나온다. 실상사 밖으로 나와서 400m 정도를 남서쪽으로 언덕을 따라 올라가면 등장하는군. 이러니 몇 차례나 실상사에 왔음에도 보지를 못했나보다.

사찰 밖으로 나와 언덕을 따라 계속 올라갔다. 새벽부터 등산을 해서인지 다리에 서서히 피곤함이 올라오는데, 저쪽으로 석조물, 즉 부도 4기가 보인다. 작은 부도가 3기고 큰 부도가 1기로군. 이 중 큰 부도가 다름 아닌 편운화상부도다. 향로의 종류 중 불전에 향을 피우는 향완이라는 그릇이 있는데, 그 그릇을 모방하여 돌로 몸체를 만든 후 그 위에 돌로 만든 뚜껑을 덮은 형태라 하겠다.

가까이 가보니, 나름 세밀하게 조각하여 만든 부도에서 묘한 분위기가 느껴졌다. 이 안에 편운 화상의 시신을 화장한 후 모신 것이다. 그렇다면 편운 화

실상사 철조 여래 좌상. ©Park Jongmoo

상은 어떤 인물이었을까? 안타깝게도 편운화상부도에 새겨진 "創祖洪陟弟子 安峯創祖片雲和尙浮屠 正開十年庚午歲建"이라는 아주 짧은 기록 외에는 그의 구체적인 삶과 흔적은 알 수 없네. 즉, "실상사를 창건한 홍척의 제자이자 안봉사를 창건한 편운 화상의 부도이다. 정개 10년 경오년에 세우다."를 바탕으로 그의 삶을 상상해볼 수밖에 없다는 의미.

일부 학자는 편운 화상을 후백제 연호를 지닌 부도에 모신 만큼 친후백제 승려로 보기도 한다. 우선 실상사를 이끈 1대 홍척 선사와 2대 수철 화상은 친신라 승려였다. 두 사람 모두 신라 왕과 남다른 인연을 이어갔으니 말이지. 그렇다면 스승인 홍척 선사 및 동문이었던 수철 화상과 달리 편운 화상이 후백제와 연결된 것은 과연 사실일까? 남원에 후백제의 영향력이 강해진 만큼 달리 방법이 없어 후백제 연호를 사용했을 가능성도 있을 테니 확신은 금물이다.

한편 홍척 선사와 수철 화상은 실상사 경내에 부도와 비석을 함께 두었는데, 편운 화상은 사찰 밖에 부도만 있으며 비석은 존재하지 않는다. 보통 이름난 승려가 죽으면 화장하고 부도에 모신 뒤, 그 승려의 업적을 기록한 비석은 나라에 고해 문장을 받아와 나중에 세웠다. 수철 화상이 죽은 후 10년이 지나

맨 왼쪽이 편운화상부도이다. ©Park Jongmoo

비석이 세워진 것이 바로 그 예이다. 그리고 신라가 무너진 후에는 고려가 이를 대신하여 여러 이름난 신라 말 고승들을 위해 비석을 세워주었다. 신라와 고려는 숭불 사회였기 때문에 당시 중앙 정부가 해야 할 중요한 일이었던 것. 이로 미루어 볼 때 편운화상은 홍척 선사나 수철 화상보다 명성이 낮아 아예 비석을 세울 대상이 아니었을 가능성도 있지만, 후백제를 지지한 승려였기에 고려 정부가 굳이 비석을 만들어주지 않았을 가능성도 있다.

하지만 사실을 기반으로 한 추측은 여기까지이고, 더 이상의 이야기는 추적하기 어렵다. 결론은,

어쨌든 후백제 연호가 새겨진 부도가 이곳에 있다는 것이다. 다만 오랜 세월 때문인지 풍화되어 새겨진 명문을 직접 눈으로 확인하기란 어렵군. 몇 번을 눈을 크게 뜨고 보았지만 아예 안 보인다. 탁본을 떠야 겨우 글자 확인이 가능한 모양.

이제 다 확인했으니 사찰 쪽으로 내려가자. 벌써 오후 5시 40분이 다 되어간다. 숙소가 있는 전주로 다시 돌아가야 하는데. 이것 참. 버스는 이미 끊겼을 테고. 고민이네.

아참. 이렇듯 편운 화상이 견훤을 지지했다는 것은 심증만 갈 뿐 100% 확실하다 말하기는 어렵지만, 당시 관혜(觀惠)라는 승려가 한 명 더 있었다. 1075년 저술된 《균여전(均如傳)》에 따르면 관혜가 견훤의 복전(福田)이었다고 하는데, 이는 곧 왕사급 대우를 받았음을 의미하거든. 즉, 이성계의 무학 대사 역할을 견훤에게는 관혜라는 승려가 했던 것이다. 오늘은 여기까지만 이야기 진도를 나가기로 하자. 급한 대로 지금은 숙소로 갈 방안을 생각해야 하니까.

(위) 편운화상부도 탁본. 국립전주박물관. (아래) 편운화상부도. 실상사.

실상사의 연못

"저, 버스는 끊긴 것 같고 여기로 택시를 부르면 오나요?"

실상사 사무를 보는 종무소에 가서 이렇게 물어보니, 어디로 가는지 묻는다.

"아. 인월지리산공용터미널 또는 남원공용버스터미널까지 갑니다."

"그럼, 조금만 기다렸다가 여기 처사님이랑 같이 가세요. 처사님, 차 가지고 오셨죠?"

한 남성 신도가 고개를 끄덕였다.

"내가 남원에 사니 함께 갑시다. 6시 20분쯤 떠나죠."

오호. 운이 좋다. 그럼 아직 20분 시간이 남았으

니 사찰 내를 조금 더 돌아볼까?

마침 실상사 정문(천왕문) 바로 오른편에는 거대한 목탑 부지가 있다. 돌로 만든 기단 위로 초석들이 가득한데, 발굴 조사에 따르면 경주의 황룡사 9층 목탑과 비슷한 규모의 부지라 하는군. 지금은 목탑이 사라졌지만 출토된 기와 등을 볼 때 고려 초기에 만들어진 것으로 추정하고 있으며, 이는 곧 실상사에 한때 황룡사 9층 목탑에 버금가는 상당한 높이의 목탑이 서 있었다는 것을 의미한다.

그뿐만 아니라 실상사 동쪽 담장 바깥을 발굴 조사하는 과정에서는 고려 초에 만들어진 대형 인공 연못과 함께 건물터 두 동이 발견되었다. 길이 16m에 폭 8m인 연못의 바닥에는 강돌이 편평하게 깔려 있고, 가장 중심에는 푸른빛이 도는 돌이 있었다고 한다. 그리고 물을 끌어들이는 입수로도 40m에 달하고 배수로까지 갖추었다. 이는 곧 실상사에 커다란 정원이 있었음을 의미한다.

이처럼 고려 시대가 되자 높은 목탑과 넓은 정원까지 갖추게 된 실상사는 분명 지금보다 훨씬 규모가 큰 사찰이었다. 또한 통일 신라나 후백제 시절보다도 더 큰 사찰로 발전한 것이니, 고려라는 새로운 시대에도 한국의 첫 선종 사찰인 실상사를 높게 평가했다는 의미겠지. 특히 사찰의 인공 연못은 현재

대부분의 한국 사찰에서는 보기 드문 모습이다. 하지만 과거 원형이 잘 남아 있는 일본의 선종 사찰에서는 인공 연못을 자주 확인할 수 있다. 그러므로 많은 조사와 연구가 이어진다면, 실상사를 통해 명성 높은 선종 사찰의 조선 시대 이전 모습을 더 상세히 알 수 있을 것이다.

약속된 시간이 되어 승용차를 얻어 타고 남원 시내로 떠났다. 함께 여러 이야기를 나누며 이동하다 보니, 50여 분이 훌쩍 지나면서 버스 터미널에 도착했네.

"태워주셔서, 감사합니다."

"네. 작가님이라 하니, 제가 꼭 책 사 보겠습니다."

인사를 나누고 차에서 내려 남원공용버스터미널로 들어가니 오후 7시 13분인데, 시간표를 보니 7시 45분과 8시에 전주로 가는 버스가 있군. 가만, 배가 너무 고파서 안 되겠다. 전주에 조금 늦게 도착하더라도 8시 표를 끊은 후 밥부터 먹어야지.

남원공용버스터미널에서 동북쪽으로 2분 정도 걸어가면 진상식당이라는 가게가 있다. 여기 고기랑 국수가 진짜 맛있는데, 특히 돼지 뒷고기가 일품이다. 도축 후 여러 부위로 나누어 정리한 뒤 별도의 부위로 분류할 정도가 되지 못해 떼어내는 자투리

고기가 있으니, 이를 뒷고기라 하여 구워 먹기 시작했다는데. 글쎄다. 요즘은 남은 고기를 싼 맛에 먹는다는 의미보다는 다양한 부위의 고기를 맛볼 수 있는 별미로 통하는 듯하다. 특히 이곳은 뒷고기와 청국장 궁합이 좋다.

하지만 혼자 와서 고기를 먹기는 그렇고. 추어탕 하나 시켜 먹어야지. 역시 남원은 추어탕. 주문을 하자 금세 미꾸라지로 만든 추어탕이 여러 반찬과 함께 등장한다. 배가 고픈 데다가 맛도 좋아서 반찬부터 추어탕까지 싹싹 비워 먹었다. 와우~ 너무 맛있는데? 전주가 아니더라도 전라북도는 확실히 맛의 고장이라니까.

그럼 배도 채웠으니, 슬슬 버스를 타고 전주로 돌아가 자야겠다. 오늘 하루 참 열심히 다녔네.

8

금산사와 왕자의 난

금산사로 가는 길

현재 오전 10시가 다 되어 한옥마을 근처 버스 정류장에 서 있는 중. 어제 남원에서 게스트 하우스 유정까지 겨우 도착한 뒤 피곤하여 쓰러져서 그대로 잤네. 게다가 오늘은 평소보다 조금 늦게 일어나는 바람에 게스트 하우스에서 제공하는 아침 대신 숙소 근처 음식점에서 전주 콩나물국밥을 먹었다.

오늘은 금산사를 가볼 예정. 금산사는 견훤과 인연이 있는 장소이면서, 전라북도에서 가장 규모 있는 중심 사찰이기도 하다. 아참. 버스를 기다리며 어제 체력적으로 힘들어서 하다 만 이야기를 더 이어가볼까? 어디까지 했지? 아. 맞다. 이성계에게 무학대사가 있었던 것처럼 견훤에게 왕사로 관혜라는 승려가 있었다는 부분까지 이야기했다.

이 내용은 1075년 저술된 《균여전》에 등장하는데, 이 책은 균여(均如, 923~973년) 대사의 전기로서 무엇보다 귀중한 향가 11수가 담겨 있어 한국 문학 연구에 그 중요성이 남다르다고 하더군. 균여 대사는 《화엄경(華嚴經)》을 공부한 교종(敎宗) 승려였다. 교종이란 경전과 교리를 바탕으로 부처의 가르침을 공부하는 종파라 하겠다. 한반도 불교에서 신흥 종파인 선종보다 훨씬 오래된 역사를 지녔으며, 그 남다른 권위 덕분에 왕과 귀족이 특히 선호했다. 그런데 균여가 성인이 되어 활동할 당시는 후백제가 고려에 의해 멸망하면서 후삼국 시대가 마무리된 시대였다. 그런 만큼 단순한 물리적 통합을 넘어 사상적 통합까지 요구되는 시점이기도 했다.

> 옛날 신라 말기에 가야산 해인사에 두 분의 화엄사종(司宗)이 있었다. 첫째는 후백제 괴수 견훤의 복전(福田)이었던 관혜(觀惠)와 둘째는 우리 태조 대왕의 복전이었던 희랑(希朗)이다. 균여가 신심을 받아서 향화의 원을 맺기를 청하였으나 원이 다른지라 마음이 어찌 같으랴. 그 문도들은 점점 물과 불처럼 대립하였으니 이 폐단을 제거하기 어려움은 그 유례가 이미 오래되었다.*

더욱이 관혜의 법문을 일컬어 남악(南岳)이라 하였고 희랑의 법문을 일컬어 북악(北岳)이라 하였다. 균여는 남악과 북악의 종문이 취지가 모순되어 구분되지 않음을 탄식하여 많은 갈래를 막아 하나로 귀환하기를 희망하였다.

《균여전》 입의정종분(立義定宗分)

신라 말, 해인사에 두 명의 큰 승려가 등장했다. 그런데 화엄종의 해석과 쟁점을 두고 견훤의 왕사인 관혜와 왕건의 왕사인 희랑이 서로 대립하고 있었던 것이다. 이에 당시 사람들은 관혜를 남악, 희랑을 북악이라 했는데, 이와 관련하여 여러 설이 존재한다.

우선 북쪽에 위치한 영주 부석사에서 이어오는 화엄종을 대표하는 인물이 희랑이고, 남쪽에 위치한 구례 화엄사에서 이어오는 화엄종을 대표하는 인물이 관혜라는 설이 있다. 또 단순히 해인사 내부 종파 대립 중 북쪽의 왕건을 지지한 희랑과 남쪽의 견훤을 지지한 관혜라는 설이 있다. 반면 해인사에서 대립이 생긴 후 희랑은 해인사에 남았으나 관혜는 해인사보다 남쪽에 위치한 화엄사로 거처를 옮겨 북

---

* 관혜 파와 희랑 파가 각각 불교 교리(화엄경)의 해석 방법이 달랐다는 의미.

악, 남악으로 나뉘었다는 설도 있다. 이는 학자들이 남아 있는 기록을 바탕으로 한 연구를 통해 고민하여 도출한 여러 설이라 하겠다.

어쨌든 중요하게 볼 부분은 당시 견훤과 왕건의 정치적 대립은 불교 사상 대립으로도 표현되고 있었다는 점. 그만큼 분열의 시대를 상징하는 사건이기도 했던 것이다. 이에 고려로 나라가 통합된 만큼 종파 대립까지 해결하려는 분위기가 만들어졌으니, 이때 균여 대사의 노력 끝에 마치 물과 불 같던 화엄종 두 종파를 하나로 통합시켰다. 이로써 고려는 진정한 통일 국가로서의 면모를 선보이게 된다. 이는 신라가 삼한일통을 한 후 원효 대사가 화쟁사상(和諍思想)을 통해 불교 종파들의 서로 다른 이론을 인정하면서도 이들을 좀 더 높은 차원에서 통합했던 것과 유사한 모습이라 하겠다.

자, 이렇게 이야기가 진행된 김에 지금부터는 후백제와 고려의 대립이 어떤 과정으로 이어지다가 고려의 승리로 마무리되었는지 알아봐야겠다. 아~ 저기 버스가 오네. 그 유명한 전주79번 버스로군. 왜 유명하냐면, 무려 50km를 달려 전주 밖으로 나가 금산사까지 달리는 오랜 전통을 지닌 버스이기 때문. 이 버스를 타고 1시간 조금 넘게 달리면 금산사에 도착한다.

두 영웅의 편지

918년, 왕건이 궁예를 내쫓고 왕위에 오른다. 이것이 바로 고려의 건국이라 하겠으며, 이때 왕건은 42살이었다. 반면 견훤은 이미 후백제 왕이 된 지 19년이 흘렀고 나이는 52살이었다. 이는 곧 통일 신라 말의 분란과 함께 독자적 세력으로 등장한 수많은 호족과 영웅이 하나둘 사라지고 어느덧 나이 10살 차이가 나는 두 영웅 중 한 명이 앞으로의 한반도 운명을 결정짓게 되었음을 의미했다.

한편 흥미롭게도 왕건이 고려를 건국한 해에 견훤의 아버지 아자개가 왕건에게 항복하는 일이 벌어졌다. 이를 볼 때 아무래도 견훤과 아자개 사이가 꽤 나빴던 모양. 부자간 사이가 안 좋은 경우가 무척 많지만, 이 정도로 사이가 벌어진 모습은 드물 것 같다. 뭐. 가만 생각해보니, 조선 시대에 영조와 사도세자도 안 좋은 사이로 치면 만만치 않았군. 아참. 태조 이성계와 태종 이방원도 그렇지. 아무래도 부자간은 잘못하면 아예 남보다도 못한 관계가 되기도 하는군.

그 대신 견훤은 친궁예 호족이 많이 있던 충청남도를 거의 다 장악하며 옛 백제 영역을 대부분 확보했다. 그리고 내친 김에 견훤은 922년이 되자 백제 무왕이 창건한 익산 미륵사에서 "개탑(開塔)" 의식을 치른다. 이는 백제를 대표하는 탑을 수리하며 불교 의식을 치른 것으로, 이를 통해 백제 왕으로서의 정체성을 다시금 선보이고자 했던 것이다.

이 뒤로 후백제와 고려는 대립과 화해를 번갈아가며 긴장감을 유지했는데, 결국 정치력 붕괴로 경주 주변으로 축소되어버린 신라를 누가 먼저 장악하는지를 두고 갈수록 경쟁이 심해졌다. 당시 신라는 완전히 국력이 쪼그라들어서 겨우 5세기 수준의 신라 영토도 유지하지 못하고 있었다. 그럼에도 불구하고 삼한일통을 이룩한 정통성과 한반도를 상징하는 국가로서의 이미지가 있었기에 겨우겨우 나라를 유지하는 상황이었다.

이때 등장한 개념이 다름 아닌 존왕(尊王) 사상이

다. 옛날 중국에 주(周)나라가 있었는데, 나라가 약해지자 여러 소국들이 등장했고, 그 과정에서 대의를 위해 왕을 높이고 보호한다는 명목으로 패자가 된 이들이 있었다. 춘추 오패로서 역사에 남은 5명의 패자(覇者)가 그들이다. 이 중 진 문공과 제 환공이 특히 유명한데, 이들은 주나라보다도 세력이 컸음에도 주 왕실을 존중하며 여러 소국을 통솔하는 대표 세력으로 자리매김했다.

후삼국 시대에 이러한 존왕 사상이 다시금 등장한 것은, 비록 치열한 전쟁을 치르고 있었지만 신라를 정통으로 보고 신라와 민심의 지지를 얻는 것이 전쟁의 승패를 결정짓는다고 보았기 때문이다. 그렇기 때문에 후백제도 고려도 각기 백제와 고구려의 후예를 자처했으나 신라에 대해서 함부로 행동하기 어려웠던 것이다. 그럼에도 불구하고 점차 신라가 당장 자신의 목줄을 잡고 있는 후백제 대신 거리가 먼 고려와 손잡고자 하자, 927년 견훤은 병력을 몰아 경주를 직접 공격하기에 이른다. 당시 견훤의 나이 61살이었으니 아무래도 적지 않은 나이에 인내심의 한계가 온 모양. 51살의 왕건에 비해 견훤은 살아생전 업적을 이루려면 더는 기다릴 수 없었다.

이렇게 경주가 공격당하는 혼란 속에 신라 왕이

죽고, 왕실의 보물과 왕실 자녀 및 기술자는 대거 백제로 끌려가게 된다. 반면 왕건은 신라를 구원하러 기병 5000을 끌고 급히 내려왔다가 견훤에게 완벽히 패하는 바람에, 여러 이름 높은 장군과 병력 대부분을 잃고 겨우 목숨만 살아서 탈출했다. 이때 왕건이 죽었다면 천하는 당연히 견훤의 것이 되었을 것이다.

이렇듯 큰 전투 승리 후 3개월이 지나 견훤은 왕건에게 편지를 보낸다.

> 지난날 신라 국상 김웅렴(金雄廉) 등이 당신을 신라 수도로 불러들이려 하였는데 이것은 마치 자라가 큰 자라의 소리에 응하며, 종달새가 매의 날개를 부축하려는 것과 같아서 반드시 백성들을 도탄에 빠뜨리고 종묘사직을 폐허로 만드는 일이다. 그래서 내가 선수를 써서 군사를 동원하여 신라를 정벌하였다.
>
> 그때 나는 백관들에게는 해를 가리켜 맹세하고 신라에게 정의로운 풍습을 지키도록 가르쳐주었다. 그러나 뜻밖에도 간신들이 도망을 치고 신라 임금은 자결하는 사변이 일어났다. 나는 드디어 경명왕의 외종제요 헌강왕(獻康王)의 외손인 사람을 받들어 왕위에 오르도록 권하여 위태로운 나라를

다시 붙들어 주었으니 없어졌던 임금을 다시 세운 공로가 여기에 있는 것이다. … 중략 … 나는 원래 신라를 존중하며 의리에 충실하고 큰 나라에 대한 정의가 깊은 터이므로 오월국 왕의 조서를 듣고 즉시 그 뜻을 받들고자 한다.

《고려사》 태조 10년(927) 12월

견훤은 6두품 유학생 출신인 최승우에게 왕건에게 보낼 편지를 쓰도록 했는데, 이때 논리는 다음과 같았다. "신라의 재상인 김웅렴이 고려와 손잡고 신라의 백성과 종묘를 왕건에게 넘기려는 행동을 하니, 내가 이를 막기 위해 신라를 정벌한 후 정의가 무엇인지 알려주었다. 그 과정 중 신라 왕이 자결하자 나라를 그대로 멸망시키지 않고 명망 있는 이를 찾아 새로운 신라 왕에 오르도록 했으니, 이는 곧 내가 신라를 존중하는 의도가 있었기에 가능한 행동이다." 즉, 왕건에게 더 이상 신라를 얻으려고 노력하지 말라는 위협이 담겨 있었다.

이에 왕건도 바로 편지를 써서 견훤에게 보낸다.

나는 위로는 하늘의 명령을 받들고 밑으로는 여러 사람들의 추대에 못 이겨 외람하게도 두령의 권한을 가지고 정치에 나서게 되었다. … 중략 … 그런데 뜻밖에 맹세의 피가 마르기도 전에 흉포한 행위가 다시 시작되어 벌과 독사 같은 해독이 백성들에게 미치고 이리와 승냥이 같은 행패가 경기(京畿: 경주 주변 수도권)를 소란케 하였다. 경주는 곤경에 빠지고 신라 대왕은 크게 놀랐다.

이러한 때에 정의에 입각하여 신라 왕실을 높이는 일에 과연 누가 제환(齊桓), 진문(晋文)의 패업을 이루었는가? 기회를 타서 나라를 뒤엎으려는 당신의 간계는 왕망(王莽), 동탁(董卓)의 행동을 본받아 지극히 높은 신라 왕으로 하여금 억울하게도 당신에게 아들이라고 청하게까지 하였으니 높고 낮은 것은 차례를 잃었고 위와 아래의 모든 사람들은 다 근심에 휩싸였었다.

그때 나는 생각하였다. 충성한 원로가 없으면 어찌 국가를 다시 편안케 할 수 있으랴. 나의 마음은 미운 것을 참고 용서하여 두지 않으며 뜻이 존왕대의에 간절하기 때문에, 장차 조정을 구원하고 국가의 위기를 붙들고자 하였다. 그런데 당신은 털끝만 한 작은 이해에 눈이 어두워 천지와 같은 두터운 은혜를 잊어버렸다. 군왕을 죽이고 궁궐을 불태웠으며 재상과 관리들을 모조리 살육하고 백성들을 무찔러 없앴다. 궁녀들을 약취하여 수레에 태워 갔으며 진귀한 보물들도 약탈하여 짐짝으로 실어 갔다. 당신의 죄악은 걸·주보다 더하며 잔인하기가 맹수보다 심하다. 나의 지극한 원한은 신라 왕실이 무너진 데 맺혔고 깊은 성의는 백성의 원수를 물리치는 데 간절하였다.

그래서 역적을 처단하는 데 힘을 다함으로써 미미한 충성을 표시하기로 결심하고 다시 무기를 든 후 두 번이나 해가 바뀌었다. 육전에서는 우레와 같이 달리고 번개와 같이 쳤으며, 수전에서는 범과 같이 때리고 용과 같이 뛰었다. 움직일 때마다 반드시 성공하였으며 일을 시작해서 허탕을 친 적은 일찍이 없었다.

《고려사》 태조 11년(928) 1월

왕건이 견훤에게 보낸 편지는 누가 썼는지 기록이 없어 알 수 없으나, 학자들은 유려한 내용을 볼 때 아무래도 최언위가 쓴 것으로 추정하고 있다. 그렇다면 신라 말의 대표적 지식인인 최승우와 최언위가 각각 백제와 고려의 입장에서 글을 남긴 것이라 할 수 있겠군.

어쨌든 왕건의 논리는 다음과 같았다. "나는 본디 권력에 큰 관심이 없었으나 여러 사람의 추대로 정치에 나서게 되었다. 그런 나에게 신라의 대신과 손잡고 경주를 장악하려는 의도를 보였다며 이야기하는 것은 옳지 않다. 오히려 견훤 당신이 하는 행동은 왕을 존중하며 패자가 된 제 환공과 진 문공의 모습이 아니라 기회를 보고 나라를 엎으려던 왕망, 동탁과 마찬가지 아닌가? 내가 비록 큰 패배를 당했지만 이미 지난 옛일이니 다시 한 번 제대로 붙어보자."

이처럼 두 영웅은 각자 논리를 가다듬고 다시금 대결에 임하게 된다.

그러나 견훤의 뛰어난 병력 운영 능력과 별개로 직접 경주를 공격한 경력은 결국 후백제에게 좋지 않은 결과로 남게 된다. 신라뿐만 아니라 여러 호족들이 호전적인 견훤보다 오히려 부드러운 정책을 쓰던 왕건에게 점차 몰리기 시작했기 때문이다. 견훤이 왕건을 상대로 큰 승리를 거두었음에도 신라를 도우러 온 왕건에게 힘이 모이는 기묘한 상황이 연출된 것이다. "부드러움이 강함을 이긴다."가 바로 이때 모습일지도.

이렇듯 견훤과 왕건이 대립하는 모습을 보니, 갑자기 고려 말 영웅인 이성계와 최영이 요동 정벌을 두고 대립한 일이 생각나는군.

요동 정벌을 둘러싼 대립

어느덧 버스는 전주 시내를 벗어나 김제의 금산사로 열심히 달리고 있다. 그럼 도착할 때까지 시간이 아직 많이 남았으니, 생각난 김에 이성계와 최영의 대립까지 마저 살펴볼까?

때는 고려 왕건이 후백제와 신라를 통합하여 삼한을 다시금 하나로 만든 지 452년이 지난 시점이라 하겠다. 당시 중국은 원나라에서 명나라로 세력 교체가 이루어지고 있었으며, 이에 따라 고려는 큰 고민에 빠지게 된다. 공민왕 시절만 해도 고려는 원나라를 버리고 명나라를 지지했다. 그러나 명나라가 끊임없이 고려를 의심하고 압박을 주니, 점차 북쪽으로 쫓긴 몽골 세력과 연합하려는 분위기가 만들어졌다.

그 결과 1388년, 드디어 "요동 정벌"이 언급되기에 이른다. 최영은 공민왕의 아들인 우왕과 함께 요동을 정벌하여 명나라에게 고려의 힘을 보여주려는, 소위 무력시위를 펼치고자 한 것이다. 이는 곧 고려를 함부로 대하면 몽골 세력과 연합하여 가만있지 않겠다는 의도였다.

73살인 최영은 이때 이성계와 함께 요동 정벌을 위한 토론을 했다. 1380년 황산 대첩에서 왜적을 크게 물리치며 전쟁 영웅이 된 이성계가 이번 요동 정벌에서도 앞장서야 했기 때문. 당시 이성계는 54살의 나이였으니 장군으로서 원숙미를 보일 때이기도 했다. 그러나 최영의 바람과 달리 이성계는 이번 원정을 크게 반대한다.

> 4월 을사일 초하루에 우왕이 봉주(鳳州)에 갔다. 처음에 우왕이 최영과 요동을 공격할 것을 결정하고 드러내지 않다가 이날 최영과 우리 태조(太祖: 이성계)를 불러 이르기를, "과인이 요양(遼陽: 요동)을 공격하고자 하니 경 등은 마땅히 힘을 다하도록 하시오."라 하였다.
>
> 태조가 이르기를, "지금 출병하는 것은 4가지 불가한 것이 있습니다. 작은 것으로 큰 것을 거스르

니 1가지 불가한 것이오, 여름에 군사를 내니 2가지 불가한 것입니다. 거국적으로 멀리 공격을 나가니 왜구가 그 빈틈을 틈탈 것이니 3가지 불가한 것입니다. 마침 장마철이어서 활과 쇠뇌의 아교가 느슨하고 대군이 질병이 돌 것이니 4가지 불가한 것입니다."라고 하였다.

우왕이 자못 그럴듯하게 여겨 태조가 물러나자 최영에게 이르기를, "내일 이 말을 가지고 다시 아뢰어라."라고 하자, 최영이 "알겠습니다."라고 하였다. 밤에 최영이 다시 들어가 계하기를, "원컨대 다른 말을 받아들이지 마십시오."라고 하였다.

《고려사》 우왕 14년(1388) 4월

이성계는 이렇듯 4불가론을 내세웠으니, 이 중에서 가장 유명한 주장은 "작은 것으로 큰 것을 거스를 수 없다."는 첫 번째 발언이다. 즉, 작은 나라가 큰 나라를 치는 것은 불가하다는 것으로, 이에 대해 근현대 들어와 사대주의가 표현된 것이라 비판받기도 했지. 어쨌든 이성계는 당시 강성한 명과 전쟁을 벌인다는 것은 결코 쉽지 않다 여겼던 것이다.

하지만 최영은 이를 받아들이지 않았다. 오히려 요동으로 가서 싸울 병력 3만 8830명과 이를 후방에서 지원할 부대 1만 1634명 등 총 5만 464명과 더불어 말 2만 1682필을 모아 출정하도록 했으며, 이를 10만이라 부풀려 소문내도록 했다. 결국 최영의 닦달에 이성계가 이끄는 군대는 압록강을 건너 1388년 음력 5월 7일, 위화도에 도착했다.

하지만 위화도에서 더 이상의 진격을 멈춘 이성계는 이내 요동 정벌을 포기하고 회군하기로 결정한다. 이에 따라 요동을 공격할 병력이 도리어 고려의 수도 개성으로 진격했다. 깜짝 놀란 최영은 개성에서 정예병을 모아 반란군을 상대로 수차례 방어에 성공했으나, 병력의 규모에서 크게 차이가 나는 만큼 더 이상 방법이 없었다. 결국 최영은 체포되어 이성계 앞으로 오게 된다.

> 태조(太祖: 이성계)가 최영에게 일러 말하기를, "이와 같은 사변은 내 본심이 아닙니다. 그러나 대의를 거스르는 것은 국가가 편안하지 못하고 백성들이 힘들게 되어 원망이 하늘까지 이르는 까닭에 부득이했던 것입니다. 잘 가십시오, 잘 가십시오." 라고 하고 서로 마주 보며 울었다. 마침내 최영을 고봉현(高峯縣)에 유배 보냈다.
>
> 이인임이 일찍이 이야기하기를, "이성계가 모름지기 임금이 되고자 한다."라 하였는데, 최영이 이를 듣고 매우 노하였으나 감히 말하지 못했는데 이

때에 이르러 탄식하며 이르기를, "이인임의 말이 진실로 옳도다."라고 하였다.

《고려사》 우왕 14년(1388) 6월

한때 고려 장군으로 외적을 막으며 함께했던 두 영웅은 이처럼 요동 정벌을 계기로 맞서는 라이벌이 되었고, 패한 최영은 이성계가 왕이 될 것임을 깨닫고 얼마 뒤 참수형을 받고 죽는다. 그리고 1392년, 드디어 이성계는 조선을 개국했으니, 위화도 회군은 조선이 유지되는 동안 대대로 위대한 업적으로 칭송되었다.

후삼국 시대에는 망해가는 신라를 두고 후백제와 고려가 대립했다면, 이처럼 고려 말에는 성장하는 명나라에 대한 외교 정책을 두고 이성계와 최영이 대립했다. 그리고 이러한 대립은 단순한 대립으로 끝난 것이 아니라, 승자가 한반도의 새로운 지배권을 가져가는 중요한 역사적 순간으로 기록되었다.

가만 생각해보면 지금도 대통령 선거 때마다 동시대 주요 안건을 둔 대립과 주장을 국민들에게 설득시키는 방법으로 대통령을 뽑고 있으니, 나름 익숙한 모습이 아닐까싶다.

금산사 도착

모악산 기슭에 위치한 금산사는 현재 전라북도에서 가장 큰 규모의 사찰이다. 주변 경관, 특히 모악산을 따라 내려오는 계곡의 물줄기가 매우 시원하여 전주, 김제, 군산 등 주변 도시에서 가족 여행으로 종종 오는 장소로 잘 알려져 있다. 오늘 역시 평일임에도 이미 주차장에는 차가 많이 있군.

사찰까지는 버스에서 내려서 등산하는 느낌으로 조금 걸어가야 한다. 규모가 큰 사찰 앞이라 그런지 주차장 주변으로는 관광객을 상대로 하는 오래된 가게들이 많이 있네. 음식점, 슈퍼, 커피 가게, 마트, 불교용품 파는 곳 등등. 오늘 점심은 나중에 여기서 먹고 갈까?

소치 허련의 그림 〈금산사〉.

계곡을 따라 길을 쭉 걸어가다 보면 견훤이 만들었다고 전해지는 성이 등장한다. 근래 복원되어서 완전히 새것처럼 보이나, 불과 2010년 전후만 해도 뼈대만 앙상하게 남아 "무지개문(홍예문)"이라 불리던 장소다. 그럼에도 그 당시의 고즈넉한 느낌이 오히려 좋았다는 생각이 든다. 이곳을 19세기 말에 그려진 소치 허련의 〈금산사〉 그림을 바탕으로 보수한다면서, 최근 아예 새로운 성을 쌓고 이름마저 개화문(開化門)이라 새롭게 명명했다. 그러나 복원 의도와 달리 현재의 모습이 조금 뜬금없어 보이는 것도 사실. 무엇보다 주변과 어울리지 않거든.

개화문. ©Park Jongmoo

그런데 왜 사찰 앞에 성이 존재하는 것일까? 그리고 왜 견훤성이라 알려졌을까?

견훤이 이곳에 성을 쌓았다는 이야기는 무척 흥미로우나, 기록에 정확히 남아 있는 내용이 아닌 입에서 입으로 전해 내려오는 전설에 불과하다. 그보다는 임진왜란 당시 승병들이 왜군에 맞서기 위해 쌓았을 거라는 주장이 더 설득력이 있는데, 당시 금산사가 왜군과 싸우려는 승병이 대거 주둔하던 사찰이었기 때문. 하지만 임진왜란 시기인 1598년, 결국 왜군이 이곳까지 쳐들어와 불을 지르면서 사찰의 모든 건물이 사라지고 말았다.

이 후 임진왜란이 끝나자 금산사를 재건하기 시작해 현재의 모습을 갖추게 된다. 그렇지만 과거 사찰 규모의 3분의 1 정도만 겨우 재건할 수 있었다고 하는군. 이곳 성도 그렇게 재건되어 허련의 그림 〈금산사〉에 등장하는 홍예문이 된 듯하다. 그러나 일제 강점기에 다시 한 번 성이 붕괴되어 오랜 기간 무지개문으로 유지되다가 근래 다시 복원된 것이다.

그런데 일제 강점기를 거치며 한동안 폐허처럼 골조만 남아 있던 이 성에 대해, 근현대 들어와 이곳을 방문한 사람들이 여러 상상력을 넣기 시작했다. 그 과정에서 과거 금산사와 남다른 인연이 있던 견훤이 등장한다. 즉, 견훤이 만든 성인데 오래되어 골조만 남았다는 이야기. 이를 볼 때 옛 유적은 돌무더기 그 자체만 남더라도 큰 의미가 있어 보인다. 이를 바탕으로 여러 모습을 상상해보면서 더 풍부한 내용으로 우리에게 다가올 수 있기 때문.

그렇다면 견훤은 금산사와 어떤 인연이 있었기에 후대에 만들어진 성마저 그의 명성에 기대어 유명세를 얻었는지 지금부터 알아보기로 하자.

왕자의 난

조선 개국 후 얼마 지나지 않아 1398년 8월 26일 1차 왕자의 난, 1400년 1월 28일 2차 왕자의 난이 벌어졌다. 이렇게 두 번의 난을 겪으며 권력을 완벽히 장악한 이방원은 이성계의 5번째 아들임에도 왕위에 오르게 되니 그가 바로 조선 태종이다. 이 중 1차 왕자의 난이 특히 유명한데, 아버지 이성계의 결정에 아들이 반발하여 일어난 사건이니까. 또한 그 과정이 워낙 드라마틱하여 지금까지 여러 차례 사극으로 만들어졌고, 덕분에 지금도 많은 사람들에게 잘 알려진 사건이기도 하다. 그렇다면 왜 이런 일이 벌어진 것일까?

이성계는 조선을 세워 국왕이 된 후 자신을 도운

신진 사대부 정도전을 중심으로 과감한 개혁 정책을 펼쳐나갔다. 그런데 왕위를 물려줄 후계자를 결정하는 과정에서 얼토당토않게 막내아들인 방석을 세자로 책봉했다. 위로 여러 형들이 건재한 상황에서 발생한 사건이라 논란이 생길 수밖에 없었다.

이성계에게는 두 명의 정실부인이 있었는데, 신의 왕후 한씨에게는 방원을 비롯한 6명의 형제가, 신덕 왕후 강씨에게는 방석을 포함한 2명의 형제가 태어났다. 이들 중 1차 왕자의 난 당시에는 방원의 4형제와 방석의 2형제가 살아 있었다. 그럼에도 나라를 건국하는 과정에서 큰 공을 세운 한씨 부인의 아들들을 배제하고 배 다른 동생 중 가장 막내를 태자로 삼았으니, 이는 이성계가 남다른 자신감을 바탕으로 한 오판이었을까?

이에 불만을 가진 이방원을 중심으로 일으킨 난이 성공하면서 이성계는 상왕(上王)이라 불리며 사실상 강제 퇴위를 당했으며, 신덕 왕후 강씨 아들들은 태자를 포함하여 2명 모두 죽음을 맞이하고 말았다. 그뿐만 아니라 정도전 역시 이때 난에 휩쓸려 죽는다. 결국 이성계 입장에서는 아들인 방원이 인생 최고의 원수가 되고 만 것이다. 사랑하는 아들뿐만 아니라 아끼던 정도전까지 죽인 인물이니까.

어떤 물건이 목구멍 사이에 있는 듯하며 내려가지 않는다.

《조선왕조실록》 태조 7년(1398) 8월 26일

이방원이 일으킨 왕자의 난으로 자신이 아끼던 많은 사람이 죽자 태조 이성계가 보인 반응이다. 하늘이 내린 궁술과 뛰어난 지휘 능력으로 수많은 적을 쓰러뜨렸던 그도 아들과의 싸움 앞에서는 그저 분노를 삼킬 수밖에 없는 무기력한 필부에 불과했던 것이다. 그런데 1398년 8월 26일의 이성계와 동일한 분노의 감정을 느낀 이가 과거에 한 명 더 있었다. 다름 아닌 935년 3월의 견훤이다.

견훤이 아직 잠자리에서 일어나기 전에 멀리 대궐 뜰에서 고함치는 소리가 들리므로, 이게 무슨 소리냐고 묻자 신검이 아버지에게 아뢰었다. "왕께서 늙으시어 나라의 정사에 어두우시므로 큰아들 신검이 부왕의 자리를 대신하게 되었다고 해서 여러 장수들이 기뻐하는 소리입니다."

조금 후에 아버지를 금산사의 불당으로 옮기고 파달(巴達) 등 30명의 장사(壯士)를 시켜서 지키게 하니, 어린아이들은 이렇게 노래 불렀다.

"가엾은 완산(完山) 아이, 아비를 잃어 울고 있

도다."

《삼국유사》 제2 기이 후백제 견훤

927년만 하더라도 고려 왕건을 죽음 바로 직전까지 모는 등 대단한 군사 지휘 능력을 보인 견훤이 불과 8년이 지나 큰아들 신검에게 왕위를 빼앗기고 만 것이다. 왕건의 고려가 갈수록 세력이 커져가는 반면 늙은 견훤은 더 이상 적극적인 활동이 힘들어지는 상황에서 벌어진 사건이었다.

신검은 난을 성공적으로 마무리한 뒤 견훤이 본래 아끼고 왕위를 물려주려 했던 배 다른 형제 금강을 죽이고 스스로 후백제 2대 왕에 올랐다. 이때 신검은 양검 · 용검 등 같은 어머니를 둔 형제들과 합세하여 아버지에게 대항했으니, 조선 시대와 비슷한 구도로 왕자의 난이 벌어졌던 것이다. 결국 견훤은 폐위된 후 큰아들에 의해 금산사 불당에 갇혀 지냈다. 이것이 바로 금산사와 견훤의 남다른 인연이라 하겠다.

이처럼 이성계와 비슷한 방식으로 견훤은 강제 폐위를 당했고 자신이 세자로 삼으려던 아들은 죽음을 맞이했으니, 이성계와 마찬가지로 자신의 뜻과 달리 왕이 된 아들에 대해 큰 분노를 가지게 된다.

아. 한참을 더 걸었더니, 드디어 금산사 경내에

들어섰네. 보제루(普濟樓) 아래 계단을 따라 올라가면 시원하게 펼쳐진 평지 위에 여러 서찰 건물들이 들어서 있다. 바로 이곳이 금산사의 중심지라 하겠다.

9

미륵을 꿈꾸던 장소

금산사의 역사

보제루(普濟樓) 아래 계단을 따라 올라가 사찰 경내에 들어서면 정면에서 왼쪽으로 약간 비껴서 비로자나불을 모신 대적광전(大寂光殿)이 있고, 오른쪽으로는 미륵불을 모신 미륵전(彌勒殿)이 보인다. 대적광전과 미륵전 사이에는 석가모니 사리를 모신 금강계단(金剛戒壇)이 있다. 네모반듯한 이중 기단 위에 석종형 사리탑이 있고, 그 옆에 오층 석탑이 나란히 서 있다. 대적광전 왼쪽으로는 대장전(大藏殿)이라 하여 본래 불경을 보관하던 목조탑이었으나, 임진왜란 때 불탄 뒤 재건하는 과정에서 대장전이라는 이름만 유지한 채 불상을 모신 작은 건물이 있다.

대장전은 과거에는 미륵전 앞에 위치하고 있었으나 일제 강점기에 현 위치로 옮겨진 것이다. 허련이 그린 〈금산사〉를 보면, 19세기만 하더라도 미륵전 앞쪽으로 대장전이 있었기 때문. 즉, 일제 강점기 이전에는 지금과 달리 대적광전은 대장전에 가려져 있어, 사찰 내부로 들어서는 순간 가장 먼저 대장전 건물이 보였다.

그렇다면 과거에는 사찰 모습이 어떠했을까? 대장전이 옮겨진 것 외에 다른 변화가 있지는 않았을까? 이 부분을 그려보기 전에 우선 금산사와 관련된 기록물을 살펴보자.

조선 시대 승려 중관해안(中觀海眼)이 1635년에 집필한 《금산사사적(金山寺事蹟)》과 승려 출신 불교학자 김영수(金映遂)가 1943년에 펴낸 《금산사지(金山寺誌)》가 그것으로, 두 기록물 모두 금산사 창건 및 중수에 대한 역사를 기록하고 있다. 그러나 전반적으로 볼 때 《금산사사적》은 임진왜란 이후 그 이전 규모의 3분의 1로 재건된 금산사에 대한 모습을 정리했으며, 《금산사지》는 임진왜란 이전 금산사부터 시작하여 일제 강점기 내용까지 정리했다.

그런데 임진왜란 이후 재건된 사찰 모습을 담은 《금산사사적》에 따르면 대웅대광명전, 즉 현재의 대적광전을 사찰 내 첫 건물로 기록하고 있는 반면, 임

금산사 전경. 정면에서 왼쪽으로 약간 비껴서 비로자나불을 모신 대적광전(大寂光殿)이 있고, 오른쪽으로는 미륵불을 모신 미륵전(彌勒殿)이 보인다. 대적광전과 미륵전 사이에는 석가모니 사리를 모신 금강계단(金剛戒壇)이 있다. ©Park Jongmoo

금산사 미륵전. ©Park Jongmoo

진왜란 이전 상황까지 정리한 《금산사지》에서는 미륵전을 사찰 내 첫 건물로 기록하고 있다는 사실. 이는 곧 임진왜란 이후 사찰을 재건하면서 미륵전에서 대적광전으로 사찰의 중심 건물이 교체되었음을 보여준다.

현재 미륵전은 3층의 높은 건물로 가장 아래 면적은 정면 5칸에 측면 4칸으로 총 20칸인 반면, 대적광전은 단층 건물이지만 면적은 정면 7칸에 측면 4칸으로 총 28칸이다. 사찰 내에서 높이는 미륵전이 가장 높지만 면적은 대적광전이 가장 넓도록 하여 두 건물 간 위계와 균형을 맞춘 것이다. 그러나 이런 형태의 사찰 디자인은 임진왜란 이후 대적광전에 힘을 주면서 이루어진 것이다.

조선 영조 때인 1725년에 금산사에서는 대규모 법회가 이루어졌는데, 이때 주변에서 무려 1400명의 사람들이 참여할 정도였다. 이에 놀란 정부에서 당시 법회를 개최한 환성지안(喚醒志安, 1664~1729년)이라는 승려를 역모 죄로 몰아 제주도로 유배시켜 죽이게 된다. 황당무계한 일이지만 그만큼 금산사의 위세가 숭유억불 시대, 즉 유교를 높이고 불교를 억압하던 조선 시대에도 대단했음을 보여주는 증거이기도 하다. 그런데 이때 환성지안이 개최한 법회가 다름 아닌 화엄대법회였다는 사실. 그렇다.

화엄종 사상을 기반으로 한 법회였던 것이다.

이처럼 화엄종의 비로자나불을 모신 대적광전과 법상종의 미륵불을 모신 미륵전은 금산사의 두 축이지만, 임진왜란 이후에는 화엄종에 힘이 크게 실리면서 사실상 금산사는 화엄종 사찰로서 운영되기에 이른다. 하지만 더 과거로 간다면 이야기가 달라진다.

신라 5교라 하여 신라 교종의 다섯 종파가 있다. 아마 국사 시간에 배운 적이 있을 것이다. 소위 "5교 9산" 이라 하여 함께 배울 텐데, 신라 말에 등장하는 선종 9산과 대비되어 그 이전에 이미 교종 5교가 있었던 것. 5교는 계율종, 열반종, 화엄종, 법성종, 법상종 등 부처의 말씀이 담긴 경전을 중요하게 여겼으며, 각각 종파에 따라 다루는 주요 경전과 모시는 부처가 조금씩 달랐다. 이 중 화엄종은 화엄경(華嚴經)을 바탕으로 비로자나불을 중요하게 여겼고, 법상종은 유가론(瑜伽論)과 유식론(唯識論)을 바탕으로 미륵불을 중요하게 여겼다.

바로 이 5교 중 법상종이 자리 잡은 곳이 다름 아닌 금산사였다는 사실. 그렇다. 통일 신라 시대만 하더라도 금산사는 법상종을 기반으로 하여 미륵불이 주요 부처로 모셔진 공간이었던 것이다. 시간이 흘러 고려 시대가 되자 신라 말부터 시작된 선종의 엄

금산사 대적광전. ©Park Jongmoo

청난 강세 속에서도 교종은 화엄종과 법상종의 2대 종파로 유지되고 있었다. 이에 금산사에는 부처 사리를 모실 금강계단이 만들어져 미륵불과 더불어 중요한 신앙의 대상이 된다.

이렇듯 고려 시대에도 힘을 이어가던 법상종과 금산사였으나, 이자겸의 난으로 교세가 크게 위축되고 말았다. 고려 왕실의 외척인 인주 이씨(仁州 李氏) 가문이 적극 후원하던 법상종은 가문의 대표인 이자겸(李資謙, ?~1126년)이 몰락하며 함께 큰 타격을 받았기 때문이다. 그 뒤로 고려 정부는 법상종의

대적광전에 모셔진 비로자나불. ©Park Jongmoo

중심지였던 금산사에 고려 왕실이 후원하던 화엄종을 적극 유입시켰으니, 점차 법상종을 대신하여 화엄종이 금산사에서 힘을 얻으며 교세를 이어갔다.

그러다 시간이 더 흘러 임진왜란으로 사찰이 완전히 전소되자, 아예 대적광전을 중심으로 한 화엄종 사찰로 재건되면서 미륵전은 과거의 영광을 뒤로하고 사찰의 상징으로서 남게 된 것이다. 그럼에도 금산사에서 미륵전이 지닌 의미는 상당했기에 지금도 가장 높은 건물 안에 미륵불이 모셔져 있네.

그럼 지금까지 살펴본 금산사의 역사를 간단히

정리해볼까.

1. 통일 신라 시대만 하더라도 미륵전과 그 앞에 목탑이 함께하는 백제 형식의 "1탑 1금당" 사찰이었을 가능성이 크며, 시간이 지나자 목탑 안에 경전까지 보관하게 된다. 물론 이때 경전은 법상종에서 중요하게 여기는 유가론과 유식론이었겠지.

2. 고려 시대 들어와 왕실의 외척 가문인 인주 이씨의 적극적 후원으로 부처 사리를 모시는 금강계단 및 석탑이 구성되었다.

3. 이자겸이 죽은 후 인주 이씨 세력을 견제하는 과정에서 고려 중기부터 화엄종이 금산사 내 강하게 유입된다. 이때부터 비로소 화엄종을 상징하는 대적광전과 비로자나불이 사찰에 등장했을 것이다.

4. 조선 시대 임진왜란으로 사찰이 전소되자 재건 후 아예 화엄종 사찰로 운영된다. 이 시기에는 이미 법상종이 너무 미약해졌기 때문. 덕분에 비로자나불을 모시는 대적광전의 격이 미륵불을 모시는 미륵전과 거의 같은 수준이 되었다.

5. 또한 재건되는 과정 중 불타 사라진 목탑은 대장전(大藏殿)이라 하여 과거의 흔적을 이름으로만 남긴 채 부처를 모신 법당으로 바뀌어서 지어졌다. 그리고 일제 강점기에 현재의 위치로 옮겨졌다.

여기까지 쭉 살펴보니 이제야 견훤 시대 금산사의 모습을 어느 정도 구체화시켜 그려볼 수 있을 것 같군. 시간 순서상 후백제라면 1번과 2번 사이일 테니까. 즉, 견훤이 만난 금산사는 법상종을 바탕으로 미륵불 중심의 사찰이던 시절이었다. 또한 미륵전 앞에 목탑이 존재하던 시절이기도 했다.

미륵불과 김복진

금산사의 상징인 미륵전에 들어가니, 11.82m의 미륵불이 너무나 당당하다. 그리고 미륵불 양옆에는 보살 두 분이 함께하고 있어 합쳐서 미륵 삼존 불상이라 부른다. 물론 두 보살도 높이가 8.79m로 미륵불보다 작을 뿐 상당한 키를 자랑한다. 하지만 현재의 모습과 달리 1934년 이전만 하더라도 세 불상의 키가 거의 엇비슷했다는 사실. 즉, 미륵불이 양옆의 보살에 비해 불과 머리 반 정도 더 높은 키였다.

이때의 미륵 삼존 불상은 임진왜란 이후 사찰을 재건하는 과정 중 1627년에 조성된 부처였다. 그렇게 300여 년의 시간이 지난 1934년 3월, 미륵전 안에서 불이 나는 바람에 미륵불이 피해를 입게 된다. 이

미륵전의 미륵 삼존 불상. 특히 김복진이 만든 미륵불은 통일 신라 시대 부처의 형식을 갖추고 있다. ©Park Jongmoo

에 금산사는 미륵불만 새로 조성하기로 하고 독립 운동가이자 조각가이며 불자인 김복진(金復鎭, 1901~1940년)에게 이를 맡겼다. 그 결과 이전보다 더 높은 키를 지닌 미륵불이 만들어져 현재 조선 시대에 조성된 두 보살과 함께 있다.

특히 김복진이 만든 미륵불은 일반적으로 볼 수 있는 조선 시대 부처 형식이 아니라, 8세기 이후의 통일 신라 시대 부처 형식을 갖추고 있어 흥미롭다. 이는 근대 조각가 김복진이 신라 불상을 치밀하게 연구한 결과물이다.

> 조선에서는 처음이며 외국에서도 보기 드문 큰 것을 제작하기로 했다. 재료는 콘크리트로 하는데 돌로 쌓아 가지고 콘크리트로 하는 것으로 독일의 괴스막이 이런 재료로 만들었다 한다. 이 미륵대불은 조각이라기보다는 건축에 가깝다고 볼 수 있다. 체격이 건전한 미륵을 만들려는데 옛날의 우리 조각으로 말하면 '신라 것'에 가까운 것이 될 것이다.
>
> 〈조선일보〉 1939년 1월 10일 자 "법주사 미륵대불 김복진"

금산사 미륵사의 미륵불을 디자인하고 난 뒤 충청북도 속리산의 법주사 미륵대불도 김복진이 디자인하게 되는데, 이 당시 그의 발언을 볼 때 "신라의 것"을 중요하게 여긴 것은 분명해 보인다. 실제로도 김복진이 조각 공부를 위해 통일 신라 시대에 만들어진 석굴암 부처를 꼼꼼히 연구했다고 하는군. 이렇듯 근대에 만들어진 미륵불을 보다보니, 일제 강점기의 암울함 속에서 미래의 부처인 미륵불을 통해 위안을 얻고자 했던 당시 사람들의 마음이 느껴진다. 그 안에는 독립에 대한 염원도 포함되었겠지.

한동안 이곳에서 통일 신라 형식의 미륵불을 보고 있으니, 묘한 감정이 계속 올라오는군. 그러다 이번에는 김복진에 이어 금산사에서 출가한 진표 율사가 떠오른다. 기록에 따르면 718년 태어난 진표 율사는 다름 아닌 완산주(完山州) 만경현(万頃縣) 출신이라 한다. 지금으로 치면 전라북도 김제시에 해당한다. 즉, 옛 백제 땅에서 백제가 멸망한 지 60여 년이 지나 태어난 것이다.

석진표(釋眞表)는 완산주(完山州) 만경현(万頃縣) 사람이다. 아버지는 진내말(眞乃末), 어머니는 길보랑(吉寶娘)으로 성은 정씨(井氏)이다.

승려가 되는 순간 석가모니의 제자가 되었기에 "석(釋)진표"로 표기되어 있으나, 실제 그의 성은 정씨(井氏)라 한다. 하지만 이 부분에 대해 오기라는 주장이 있다. 진표의 아버지 진내말(眞乃末)의 경우 내말(乃末)이 신라 5두품 관등을 뜻하니, 진(眞)씨 성으로 5두품 관등을 지녔다는 의미를 가지고 있으니까. 그뿐만 아니라 진씨는 백제의 주요 귀족 성 중 하나인 진(眞)과 동일하다. 소위 대성팔족(大姓八族)이라 하여 백제를 대표하는 성인 사씨(沙氏), 연씨(燕氏), 협씨(劦氏), 해씨(解氏), 진씨(眞氏), 국씨(國氏), 목씨(木氏), 백씨(苩氏)가 그것이다.

그렇다면 본래 백제의 주요 귀족이었으나 신라에 편입된 이후 5두품 관등을 받아 가문이 유지되던 중, 백제가 멸망한 지 60여 년이 지나서 진표 율사가 태어났던 것이다. 즉, 그는 단순히 옛 백제 땅에서 태어난 것만이 아니라 당당한 백제의 핏줄임을 알 수 있다.

그런 그는 열두 살에 출가하여 불법을 공부하기 시작했고, 미륵불의 가르침을 받아 금산사에서 뜻을 펼치게 된다. 그러다 스님의 이름이 널리 알려지자 신라 왕이 직접 만나기를 원했고, 그렇게 만난 신라

왕은 그에게 황금, 비단, 쌀 등을 대량 시주했다. 진표 율사는 이를 모두 절에 주었으니, 덕분에 8세기를 거치며 금산사 역시 대단히 큰 사찰로 발전하게 된다. 즉, 진표 율사에 의해 통일 신라를 대표하는 5교 사찰 중 법상종이 위치한 곳으로서 남다른 면모가 구축된 시기라 하겠다.

특히 진표 율사에 의해 모셔진 미륵불은 미래의 부처를 의미하니, 세상이 혼탁하고 힘들 때마다 새로운 희망을 줄 이로 상징되기도 했다. 이에 금산사에서는 사찰의 주요 건물인 미륵전을 해가 뜨는 동향에 배치하여 자연스럽게 "새로운 해 = 새로운 부처"라는 이미지를 갖춘다.

자, 여기까지의 이야기를 바탕으로 후백제 시절을 살펴볼 때, 백제 후손인 진표 율사에 의해 미륵을 모시는 사찰로 발달하여 주변 지역에 상당한 영향력을 지니게 된 금산사에 대해 후백제를 건설한 견훤 역시 상당한 관심을 가졌을 것이다. 특히 통일 신라 말기의 엄청난 혼란 속에서 "새로운 왕 = 미륵"으로 표현하는 것은, 왕즉불 사상이 당연하던 시대에 매우 완성도 높은 논리라 할 수 있으니까.

하지만 쿠데타에서 성공한 견훤의 아들은 아버지가 자주 다니고 관심을 보인 금산사 불당에 아예 견훤을 가두었으니, 아무래도 미륵전이 있는 현 위치가 늙은 견훤이 갇혔던 장소가 아닐까? 견훤은 자신이 새로운 시대의 미륵이 되어 큰 꿈을 펼칠 줄 알았으나 오히려 미륵전에 갇혀버린 운명이 된 것이다. 이때 그는 어떤 생각이 들었을까? 결국 '새 시대 미륵은 아무래도 내가 아니구나.' 라는 생각을 했을지도. 이렇듯 커다란 자괴감에 빠져들던 그는 결국 놀라운 결심을 하기에 이른다.

이참에 이성계와 미륵의 인연도 잠시 언급하고 갈까? 조선이 개국하기 1년 전인 1391년 5월, 이성계는 한반도의 명산인 금강산에서 사리구(사리를 담아 보관하는 용구)를 묻는 의식을 거행했다. 그리고 세월이 흐르고 흘러 1932년, 해당 사리구가 발견되니 "이성계 발원 사리장엄구"(보물 제1925호)가 그것이다.

> 신미년(1391년) 5월 이성계와 부인 강씨, 승려 월암, 그리고 여러 상류층 여성들이 1만 명의 사람들과 함께 비로봉에 사리장엄구를 모시고 미륵의 하생을 기다린다.
>
> 이성계 발원 사리장엄구(李成桂 發願 舍利莊嚴具)

그런데 사리장엄구의 백자 그릇에는 위의 문장이 새겨져 있는 것이 아닌가? 특히 위 문장 중 "미륵의 하생"을 주목하자. 이처럼 고려에서 조선으로 바뀌는 시기 역시 미래의 부처인 미륵불을 애타게 기다리던 시대이기도 했던 것이다. 다른 관점으로 보면 이성계가 마치 미륵처럼 새로운 세상을 열고자 했음을 보여주는 증거이기도 하다. 견훤이나 이성계나 새로운 시대를 열면서 자신이 새로운 부처, 즉 미륵이 되기를 원했음을 의미한다. 이를 볼 때 분명한 것은 한반도의 미륵 전설은 앞으로도 혼란의 시기를 겪을 때마다 매번 부흥하며 우리에게 다가올 것이라는 점이다.

여행 계획 추가

어느덧 금산사 구경을 다 마치고 하산하는 중. 시간을 확인하니 오후 1시 13분이다. 슬슬 금산사 입구에 있는 식당에서 점심을 먹고 전주로 돌아가서 집이 있는 안양으로 가는 버스를 탈까나? 그제부터 여행을 계속 이어갔더니, 은근 피곤하네.

절에서 내려오는데, 한편으로 이런 생각이 드는 것이다. 어떻게 하다보니 견훤과 이성계, 즉 두 명의 도플갱어 인생을 함께 살펴보는 전주 여행을 하게 되었는데, 이렇게 금산사에서 마감하는 것이 아쉽다는 생각. 이야기 흐름상 견훤과 이성계 모두 인생의 마지막을 향해 가고 있으니, 아무래도 이들의 마지막까지 다 살펴보고 돌아가야겠다.

금산사 입구 식당 중 눈에 가장 먼저 띄는 곳에서 산채비빔밥을 먹고 나왔다. 뭐, 그럭저럭 맛은 좋았음. 다음으로 전주로 돌아갈 버스를 기다린다. 79번 버스가 바로 그것. 이 버스를 타고 전주역, 즉 기차역으로 가서 이번에는 논산을 갈 예정이거든.

논산? 그렇다. 대한민국 육군훈련소가 있는 장소이자 충청남도에 속하는 곳이다. 그러나 통일 신라 때만 하더라도 현재의 논산 중 남부 지역은 신라 9주(州) 중 전주(全州)에 속했고, 북부 지역은 웅주(熊州)에 속했다. 그러다가 1914년 이후 비로소 합쳐져서 논산군이 되어 지금의 논산시로 이어지게 된다. 즉, 견훤이 활동하던 통일 신라 후반 기준으로 본다면, 전주 여행에 논산시까지 일부 포함하여 이어갈 수 있겠다. 그럼 여행을 조금 더 이어가도록 하자.

오후 2시 13분이 되어 드디어 79번 버스를 탔다. 버스는 한 5분 정도 서 있다가 출발. 이제 다시 한 시간 정도를 달려 전주역으로 가면 된다.

10

두 영웅의 마지막

함흥차사

전주역에 도착해서 보아하니, 음. 내가 목표로 하는 장소까지 가는 기차가 없네. 정확히는 시간이 맞지 않는다. 지금 시간은 오후 3시 48분인데, 논산의 연산역까지 가려면 무려 4시간 뒤인 오후 7시 57분 차를 타야 한다. 이러면 너무 늦어서 의미가 없지.

별수 없다. 오후 4시 37분 차를 타고 논산역에서 내려야겠다. 그곳에서 버스를 타고 목표 지점까지 이동하기로 하자. 이번 여행에서 마지막으로 가고자 하는 장소는 다름 아닌 개태사. 고려 태조인 왕건과 큰 인연이 있는 장소이자 고려와 후백제가 마지막 전투를 벌였던 장소 근처에 세워진 사찰이다. 물론 이때 후백제는 견훤이 왕이 아니라 그의 아들 신검이 왕이었다. 안타깝게도 연산역에서 내리면 개태사가 훨씬 가깝지만, 현재로선 방법이 없으니 일단 논산역에서 내릴 수밖에.

그럼 한동안 기차를 기다려야 하니까. 무엇을 해야 할까? 그래, 이렇게 하염없이 기차를 기다릴 수밖에 없는 상황을 심부름을 가서 오지 않거나 늦게 온 사람을 이르는 말인 함흥차사와 연결하여 이야기를 해보련다. 우선 근처 편의점에 가서 토마토주스를 하나 사고. 음.

아마 '함흥차사' 라고 들어본 적이 있을 것이다. 왕자의 난으로 왕이 된 이방원에게 화가 나 있던 이성계는 드디어 칼을 뽑았다. 왕의 상징인 옥새를 가지고 왕궁을 떠나 고향인 함흥으로 돌아가 지내겠다는 것. 자신이 저 멀리 함경도로 가버리면 이방원은 아버지를 내쫓아 고향으로 돌아가게 했다는 멍에를 쓰게 된다. 유교를 바탕으로 세워진 조선에서 불효자 이미지는 결코 좋지 않은 상황을 만들 것이 분명하기에, 어떻게든 이방원은 아버지를 궁으로 모셔 와야 했다. 나름 이성계의 소심한 복수극이었다.

이에 이방원은 여러 번 함흥으로 차사를 보냈으나 그때마다 이성계는 아들이 보낸 차사를 직접 활로 쏘아 죽이거나 아니면 잡아 가두었다. 심부름을 보낸 차사들이 계속 돌아오지 않으니, 이방원은 아버지와 남다른 친분이 있는 박순을 차사로 보내기로 한다. 이때 박순은 망아지 딸린 어미 말을 데려가 이성계를 설득했는데, 이는 아무리 의가 상했어도 지금의 조선 왕은 이성계의 아들임을 상기시키는 방법이었다. 말과 망아지를 보고 그 뜻을 이해한 이성계는 박순에게 곧 왕궁으로 돌아가겠다는 약속을 했으나…….

박순이 떠나고 얼마 지나지 않아 함흥의 이성계 신하들이 박순 역시 그대로 두면 안 된다고 주장했다. 이들의 성화에 이성계는 박순이 이곳을 떠난 지 오래되었으니 이미 강을 건넜을 것으로 생각하고 병력을 보냈다. 그러면서 박순이 강을 건넜으면 더 쫓지 말고 돌아오라 명했는데, 이게 웬걸? 박순은 돌아가는 길에 병에 걸려 잠시 길을 지체하는 바람에 강을 건너지 못하고 있었다. 이에 쫓아온 이성계의 부하에 의해 죽임을 당한다.

자신과 친했던 박순이 죽었다는 소식을 듣고 크게 후회하기 시작한 이성계는 마침 자신의 스승인 무학 대사가 이방원의 부탁으로 함흥에 오자 더 이상 아들과 다투는 것을 포기하고 궁으로 돌아가기로 했다. 이방원은 아버지가 돌아오니 궁 밖까지 마중을 나가 눈물을 흘렸고, 이성계는 그동안의 불효를 후회하며 우는 아들에게 옥새를 넘겨주며 조선 왕으로 인정한다.

조사의의 난

함흥차사라는 말에는 앞의 이야기와 같은 유래가 있으나, 사실 이는 후대에 꾸며진 이야기로 이성계와 이방원 부자간 불화로 빚어진 사건을 기승전결 구조로 한껏 포장한 것이다. 실제는 이보다 훨씬 험악했으니, 이번에는 이를 살펴볼까?

1402년 11월 5일, 그러니까 이방원이 왕이 된 지 얼마 지나지 않아 함경도에서 큰 난이 일어났다. 난의 주동자는 조사의라는 인물로, 그는 이성계의 두 번째 정실부인인 신덕 왕후의 친척이었다. 함경도는 이성계의 고향이었는데 그곳에서 조사의를 따라 사람들이 대거 모인 것으로, 그 숫자가 여진족 4000명을 포함하여 무려 1만에 이르렀다. 이는 고려 시대 이성계가 장군으로 활동할 당시 그의 직계 병력이 "함경도 + 여진족"으로 구성된 것과 일치했다.

그즈음 이성계는 왕궁을 떠나 경기도 북동쪽인 소요산에 행궁을 짓고 양주 회암사를 다니며 지내고 있었다. 그러더니 조사의가 난을 일으키기 직전인 1402년 11월 1일, 갑자기 함경도로 이동하기 시작한다. 이에 의심이 들어 이방원이 사람을 보내자 이성계는 다음과 같이 말하는 것이 아닌가?

> 내가 즉위한 이래로 조종(祖宗: 조상)의 능에 한 번도 참배하지 못하여 일찍이 생각하고 있었는데, 지금 다행히 한가한 몸이 되었으니, 동북면(東北面: 함경도)에 가서 선릉(先陵)에 참배한 뒤에 금강산을 유람코자 한다. 서울에 돌아가면 잠시도 문밖을 나서지 않겠다. 만일 내가 선릉에 참배하지 않으면, 어찌 다른 날에 지하에서 조종을 뵈올 수 있겠는가? 사람들은 이것을 알지 못하고 나의 이번 행차를 미쳤다고 할 것이다. 그들도 부모가 있는 자들이니, 자기 마음속으로 헤아려보면 내 마음을 알 것이다.
>
> 《조선왕조실록》 태종 2년(1402) 11월 5일

그런데 이와 동시에 조사의의 난이 일어나자, 심

각한 분위기에 급해진 조선 정부에서는 박순을 보내 반란군에 호응하던 호족들을 적극적으로 설득했다. 그러나 오히려 그 과정에서 박순은 1402년 11월 8일, 살해당하고 만다. 그렇다. 함흥차사에 나오는 박순은 실제로는 이성계를 만나지도 않았으며 함경도 반란 세력에 의해 죽었던 것. 이것이 나중에 함흥차사 속 이성계를 설득하던 박순의 모습으로 그려지게 된다.

상황이 이러하자 이방원은 깨달았다. 이성계가 궁을 떠나 소요산에 있는 동안 자신의 세력 기반이었던 사람들에게 호응하도록 하여 군사를 일으킨 것이 분명했다. 이에 바로 조영무를 동북면(함경), 강원, 충청, 경상, 전라도 도통사(都統使)로 임명하여 전시 체제로 돌입했고, 왕이 직접 병조에 나가 진두지휘에 나섰다. 이때 정부가 모은 병력은 무려 4만에 이르렀다. 그 규모가 단순한 내전 수준이 아니라 국가 대 국가 전쟁 수준이었던 것. 하지만 정부가 4만이라는 대병으로 반란을 제압한다고 하자 처음과 달리 조사의의 부대는 사기가 금세 떨어지더니, 11월 27일 밤에 군막에 불을 지르고 하나둘 달아나면서 스스로 궤멸되고 말았다. 도망친 조사의 역시 나중에 잡혀서 12월 18일 죽음을 맞이한다.

68세의 이성계는 원수가 된 아들 방원에게 마지

막 한 방을 먹이기 위해 오랜 준비 끝에 자신의 세력을 모아 제대로 대결을 펼치고 싶었다. 그러나 이방원의 빠른 대처로 허무하게 무너지니, 이내 저항을 포기했다. 결국 이방원이 사람을 계속 보내자 못 이기는 척 남쪽으로 내려오다 우선 평양에 머물렀고, 나중에는 이방원이 개경 근처로 모셔온 이성계에게 직접 인사하러 오니, 긴 여행 끝에 스스로 왕궁으로 귀가하는 형식으로 돌아온다. 이때가 12월 8일이다.

하지만 이렇듯 두 부자가 수만의 병력을 동원하여 싸운 것이 역사에 남으면, 조선은 개국과 동시에 유교 질서에 어긋나는 패륜을 저지른 것이 널리 알려지게 된다. 이에 태조가 조상 묘를 보러 고향으로 잠시 간 사이에 조사의가 함부로 난을 일으켰다는 내용으로 큰 틀의 스토리를 정한 뒤, 이성계의 행적은 어림짐작하는 수준으로 실록에 기록한다. 그러다 나중에는 아예 함흥차사 전설이 실제 사건을 대체하여 널리 알려지게 된 것이다.

어쨌든 아버지의 아들에 대한 분노는 이 사건을 마지막으로 정리되었다. 이후로 이성계는 때때로 사냥을 즐기다 외국 사신이 오면 잔치를 베풀기도 했으며, 종종 자신이 믿는 불교를 위해 사찰을 후원하면서 살다가 1408년 창덕궁에서 눈을 감는다.

> 태상왕(太上王: 이성계)이 별전에서 승하하였다. 임금(이방원)이 항상 광연루 아래에서 자면서 친히 반찬과 약을 관리했는데, 이날 새벽에 이르러 새벽 4시경이 되자, 태상왕께서 담이 생겨 부축해 일어나 앉아 약을 자시었다. 병이 급하매 임금이 빨리 달려와 청심원(淸心元)을 드렸으나, 태상이 삼키지 못하고 눈을 들어 두 번 쳐다보고 승하하였다.
>
> 《조선왕조실록》 태종 8년(1408) 5월 24일

이성계는 그동안의 불효를 씻듯 아버지의 병간호에 힘쓰던 아들 이방원을 마지막으로 두 번 쳐다본 뒤 세상을 뜬다. 당연히 이때는 이미 부자간 마음속 깊은 응어리를 풀고 서로를 이해하며 화해한 상황이었을 것이다. 이처럼 한반도를 대표하는 영웅 중 한 명이었던 이성계의 인생 마지막은 따뜻하게 마무리된다. 그리고 그의 손자는 한반도 역사 이래 최고 성군이라 불리는 세종 대왕이 되었으니. 죽어서도 이 소식을 듣고 대단히 만족하지 않았을까?

아. 어느덧 기차를 탈 때가 되었군. 그럼 역 안으로 이동해보자.

금산사를 탈출한 견훤

무궁화호를 타고 이동 중. 이대로 오후 5시 30분이면 논산역에 도착한다. 역시나 기차 여행의 장점은 시간이 정확하다는 점. 오랜만에 타는 무궁화호. 절로 정겨운 느낌이 드는군. 예전에는 참 많이 이용했는데 말이지. 부산 해운대역에서 경주역을 갈 때 특히 많이 이용했었다. 듣기로 점차 KTX, ITX 등이 대신하며 무궁화호가 사라지고 있다고 한다. 사라지는 것은 다 이유가 있겠으나 그럼에도 마음 한편으로는 안타까운 심정.

여러 생각을 하며 북쪽으로 이동하는 기차 안에서 창밖 구경을 한참 하다보니, 슬슬 이성계에 이어 견훤의 이야기를 할 때가 온 느낌이다. 그래. 전주에서 만난 도플갱어의 또 다른 이야기를 끝맺을 때가 왔군.

아들이 난을 일으키고 후백제 왕이 된 후, 935년 3월부터 금산사에 갇혀 지내던 견훤. 아들 신검이 보낸 30명의 장정이 금산사 불당을 단단히 지키고 있으니, 천하의 견훤일지라도 69세라는 나이에 힘만으로 탈출하기는 쉽지 않아 보였다. 이에 전략을 쓴다.

> 견훤은 후궁과 나이 어린 남녀 두 명, 시비 고비녀(古比女), 나인(內人) 능예남(能乂男) 등과 함께 갇혀 있었다. 4월에 이르러 술을 빚어서 지키는 장사 30명에게 먹여 취하게 하였다.
>
> 《삼국유사》 제2 기이 후백제 견훤

견훤은 자신의 수족들에게 술을 빚도록 한 뒤, 어느 날 짐짓 여유를 보이며 수고한다는 의도로 다가가 장정 30명에게 술을 잔뜩 먹였다. 장정들은 견훤을 지키는 임무를 지니고 있었으나 다른 한편으로는 선왕이자 후백제를 창건한 인물에 대한 존경의 감정도 가지고 있었기에, 결국 긴장이 풀린 채 술을 잔뜩 마셨던 모양이다. 이때가 기회였다.

지키는 병사가 술에 취했을 때 금산사를 탈출한

견훤 일행은 곧장 나주로 향했다. 전라남도 나주는 지금은 내륙 도시로 기능하고 있지만, 과거에는 항구 도시로 활약했다. 영산강을 따라 서해로 나갈 수 있는 길을 이용하여 강과 바다로 배가 오고 갔기 때문. 전략적 가치가 높은 만큼 이곳을 두고 후백제와 고려는 수차례 다투어, 어느 때는 고려가 나주를 통치했으나 어느 때는 후백제가 통치하는 등 복잡한 상황이 이어지고 있었다. 그러나 견훤이 탈출할 때는 나주가 다시 고려의 영향력하에 들어갔기에, 사실상 나주로 간다는 것은 적지로 이동한다는 의미였다.

그렇다. 이는 곧 견훤이 후백제 수도인 전주로 돌아가 멋대로 왕이 된 아들을 내쫓고 다시금 재등극하는 것이 아니라, 한때 적국이었던 고려로 귀순하기로 마음먹은 것을 뜻한다. 당연히 엄청난 고민 끝에 나온 결심이라 하겠다. 아들의 추적을 피해 수개월에 걸쳐 조심조심 이동하다보니, 견훤 일행은 6월이 되어 겨우 나주에 도착했다.

> 여름 6월 견훤이 막내아들 능예와 딸 애복, 첩 고비 등과 더불어 나주로 달아나 입조를 요청하였다. 장군 유금필과 대광(大匡) 만세, 원보(元甫) 향예, 오담, 능선, 충질 등을 보내 군선 40여 척을 거

> 느리고 바닷길로 맞이하게 하였다. 견훤이 도착하자 그를 다시 일컬어 상보(尙父)라 하고 남궁(南宮)을 객관(客館)으로 주었다. 지위를 백관의 위에 두고 양주(楊州)를 내려 식읍으로 삼았으며, 금과 비단 및 노비 각 40구과 말 10필을 내려주고 앞서 투항한 신강을 아관(衙官)으로 삼았다.
>
> 《고려사》 태조 18년(935) 6월

이처럼 왕건은 한때 강력한 적이자 전투 중 자신에게 거의 죽을 뻔한 위기를 선사하기도 했던 견훤을 뜨겁게 맞이했다. 오죽하면 고려의 가장 뛰어난 장군 유금필에게 배 40척을 주어 나주로 가서 견훤을 맞이하게 한 후 일행이 개경에 도착하자 아버지처럼 존경한다는 의미로 상부(尙父)라 칭하고, 아예 남쪽 궁을 사용하도록 할 정도였다. 그리고 일반 신하들보다 높은 지위를 보장하고, 식읍에다 풍부한 물자까지 지원하여 편안하게 지내도록 세세히 신경을 썼다. 그뿐만 아니라 후백제에서 투항한 신강이라는 인물을 견훤에게 보내, 고려에서도 후백제 출신을 통해 자연스럽게 하고 싶은 말을 전달하도록 한다.

이것이 다름 아닌 왕건의 매력이자 힘이었다. 죽음이 가득한 전란 속에서 자란 인물임에도 넉넉한 인품을 바탕으로 한 안정되고 부드러운 정책은 결국 그를 역사의 승리자로 만들어주었던 것이다. 한편 견훤은 왕건에게 귀순해 더없이 높은 대우를 받자 크게 감동을 받는다. 적장을 사실상 상왕처럼 대접하는 왕건의 태도는 아무리 숨은 의도가 있다 하더라도 극진하기 그지없었기 때문.

견훤의 고려 귀순 소식이 전달되자 신라의 마지막 왕 경순왕도 1000년을 지속한 신라 사직을 고려에 넘기며 같은 해 11월 왕건에게 귀순했다. 하물며 자신을 죽일 뻔했던 인물에게도 저런 대우라면, 고려가 더없이 높은 대우를 약속하던 신라 왕에게는 어떠하겠는가? 결국 왕건은 견훤에 대한 대우를 통해 신라까지 평화적으로 합치는 데 성공한 것이다. 이처럼 왕건은 한반도 역사에 등장한 여러 왕들 중 가장 넓은 인품을 지닌 인물로 여겨진다.

고려를 멸한 후 고려 왕족인 왕씨 사람들을 뿌리까지 찾아내 마구 죽인 조선 왕조와 달리 고려는 멸망한 국가의 세력에게도 최대한 부드러운 태도를 유지했으니, 이는 당시 왕건의 철학 및 의도와 연결되는 부분이라 생각된다. 그 시대에 필요한 큰 그릇이었던 것. 당연히 견훤도 직접 왕건의 그릇을 경험하며 깨달았을 것이다. 인간에 대한 믿음이 없어 서로를 배신하고 죽이는 일이 빈번한 지옥 같은 시대를 마감시킬 인물은 분명 자신이 아니라 왕건이라는 것을.

이로써 한반도에서 다시금 삼한일통을 이룩하기 위해서는 후백제 통합만 남은 상황이 된다.

논산역 도착

달려야 한다. 오후 5시 30분에 도착한 기차에서 가장 먼저 내려 곧바로 뛰기 시작한다. 길 건너 버스 정류장에서 5시 40분 조금 넘어 도착하는 버스를 타야 목표 지점인 개태사에 갈 수 있기 때문. 버스 정류장까지 걸어서 10분 정도 거리니 뛰어가면 5분이면 가능하겠지? 이번 버스를 놓치면 또 언제 개태사에 가는 버스가 올지 알 수 없으니…….

계단을 따라 올라가며 뛰고 육교를 지나며 뛰고, 다시 계단을 내려가며 뛰고 횡단보도를 건너며 뛰다가 마지막으로 보도 위를 달린다. 약 380m 거리를 달려서 도착. 와우. 시간을 보니 5시 38분이다. 기차에서 내리는 시간 및 오르는 계단과 횡단보도에서 잠시 기다리는 것만 아니었으면 더 좋은 기록이 나왔을 텐데 한편으로 아쉽군. 참고로 나의 고등학교 때 100m 기록은 12초 4였다. 하지만 이젠 나이가 들어서 전력으로 달리면 20초는 나오려나?

오. 드디어 버스가 오는군. 여전히 뜨겁게 뛰는 심장을 부여잡고 타야겠다. 그래도 이번 달리기로 17000원을 벌었다. 택시를 타면 요금이 거의 2만 원 정도 나오기 때문. 이번 버스를 놓치면 택시를 탈 수 밖에 없었거든. 좌석에 앉아 휴식을 취하며 40분 정도 이동하면 개태사에 도착하겠군. 휴. 그럼 숨을 돌리며 논산이라는 도시를 잠시 소개해볼까?

육군훈련소가 있는 논산은 대한민국 남성 30%에게 남다른 추억으로 남아 있는 장소가 아닐까 싶다. 나는 공군 출신이라 진주에서 훈련을 받았지만. 여하튼 그런 장소인지라 11만이라는 인구 규모에 비해 은근 모르는 사람이 없는 유명한 도시인데, 막상 이곳에 여러 유적지가 있다는 것을 아는 사람은 많지 않은 듯하다. 물론 훈련소 입소 전에 여유 있게 주변 유적지를 구경하는 사람은 거의 없겠지. 그런데 나는 공군 훈련소 입소 전날에 진주로 와서 진주성과 촉석루, 진주국립박물관까지 구경했었다. 음. 물론 제정신으로 본 것은 아니었음. 입영 전날에 도착하다보니 너무 할 것이 없어서.

다시 이야기로 돌아와서, 우선 논산은 황산벌이 위치한 곳이다. 660년, 5000 결사대를 이끈 백제의 계백이 5만 신라군을 이끄는 김유신과 처절한 대결을 펼친 황산벌이 논산의 연산역 남쪽에 있다. 지금은 백제군사박물관, 계백 장군 묘, 계백 장군 유적지 등이 함께하고 있다. 오래전부터 계백 장군 묘 또는 백제 의총이라 불리던 무덤 주변을 정비하여 만든 장소다.

그리고 방금 내린 논산역에서 남쪽으로 내려오면 관촉사라는 사찰이 있다. 국보인 은진미륵(관촉사 석조미륵보살입상)으로 유명하며, 고려 광종 때인 968년에 만들어졌다. 즉, 왕건이 삼한일통을 이룩한 지 30여 년이 지나 만들어진 사찰이라는 의미. 특히 동양 최대의 석불로서 은진미륵의 어마어마한 위용은 이 사찰을 반드시 방문하게 만드는 매력으로 다가온다. 언젠가 관촉사와 은진미륵에 대한 설명이 필요한 시기가 오면 그때 자세한 이야기를 더 이어가기로 하고, 오늘은 패스.

그리고 육군훈련소 근처에는 견훤 왕릉이 있다. 지름 10m에 높이가 5m 정도 되는 거대한 봉분으로, 견훤의 무덤인지 확실하지는 않으나 오래전부터 왕묘 또는 견훤 묘 등으로 불리던 고분이다. 《세종실록지리지》 은진현조에도 "견훤의 묘는 은진현의 남쪽 12리 떨어진 풍계촌에 있는데 속칭 왕묘라고 한다."라 되어 있으니, 꽤 오래 전부터 이 고분을 견훤의 것으로 인식했던 모양. 나는 지금까지 견훤 왕릉을 두 번 방문했는데, 언덕 위에 올라서 있는 외로운 고분 하나가 견훤의 최후를 닮은 듯한 느낌을 받았다.

마지막으로 오늘 방문할 장소인 논산의 개태사다. 개태사는 그곳에 도착한 후 설명을 이어가기로 하자. 그럼, 남은 버스 여행 동안 후백제의 마지막 전투를 살펴볼까.

후백제의 멸망

고려에 귀순한 지 한 해가 지나 936년 6월, 견훤은 왕건을 만나 다음과 같이 말한다.

> "노신(老臣)이 전하께 항복한 것은 전하의 위엄을 빌어 반역한 자식을 죽이기 위한 것이니 엎드려 바라건대, 대왕은 신병(神兵)을 빌려주시어 적자(賊子: 불효한 자식)와 난신(亂臣: 나라를 어지럽게 한 신하)을 죽이게 해주시면 신이 비록 죽어도 유감이 없겠습니다."

이에 왕건은 때가 무르익었다고 여겼는지 《고려사》에 의하면 8만 7500명, 《삼국사기》에 의하면 10

만 7500명의 병력을 동원하여 936년 9월, 드디어 후백제 공격을 시작했다. 고려의 대군은 지금의 경상북도 구미시에서 후백제군과 대결을 펼쳤으니, 이때 후백제의 병력이 얼마나 되었는지 정확한 기록은 없지만 역시나 상당한 대군을 이끌고 저항했던 것으로 보인다.

> 일리천(一利川: 구미의 낙동강 상류)을 사이에 두고 서로 대치하니 고려 군사는 동북방을 등지고 서남쪽을 향해 진을 쳤다. 태조는 견훤과 함께 군대를 사열하는데, 갑자기 칼과 창 같은 흰 구름이 일어나 적군을 향해 갔다. 이에 북을 치고 나아가니 후백제의 장군 효봉(孝奉), 덕술(德述), 애술(哀述), 명길(明吉) 등은 고려 군사의 형세가 크고 정돈된 것을 바라보고 갑옷을 버리고 진 앞에 나와 항복했다. 태조는 이를 위로하고 장수가 있는 곳을 물으니 항복한 효봉 등이 말하기를, "원수(元帥) 신검은 중군에 있습니다."라고 하였다. 태조는 장군 공훤(公萱) 등에게 명하여 삼군을 일시에 진군시켜 협공하도록 하니 백제군은 무너져 달아났다.
>
> 《삼국유사》 제2 기이 후백제 견훤

《고려사》에는 이에 대해 더 자세한 이야기가 기

록되어 있는데, 동원된 병력 규모와 각기 병사를 이끄는 장군들의 이름까지 잘 담겨 있다. 혹시 더 관심 있는 분은《고려사》태조 19년 9월 기록과《삼국사기》기록도 함께 살펴보길.

어쨌든 후백제 군사들은 누구도 아닌 견훤이 고려의 왕과 함께 고려군을 사열하고 있는 장면에서 이미 사기가 꺾여버렸다. 마치 아버지를 잃은 자식 같은 심정이라 해야 할까? 후백제 장군과 병사들은 고려군에 있는 견훤을 보자 너도나도 항복하기 시작했다. 이런 상황에서 왕건이 마지막까지 저항하던 후백제 중군에 있는 견훤의 아들, 즉 신검을 깨버리도록 명하니 바람처럼 달려가는 고려군 앞에 후백제 군대는 완전히 붕괴된다.

결국 후백제 제2대 왕인 신검을 지키는 중군 중 무려 3200명이 사로잡히고 5700여 명이 죽으면서 전투는 마무리되었다. 겨우겨우 도망가던 신검은 지금의 논산인 황산에 이르자 더 이상 저항은 불가능하다 여기고 동생 양검, 용검, 그리고 백제의 신하들과 함께 고려에 항복했다. 이에 태조 왕건은 신검이 아비의 왕위를 빼앗은 것은 주변의 꾐 때문이지 그의 본심이 아니었다고 하며 항복하여 죄를 빌므로 특별히 용서하도록 했다.

다만 이후로 신검에 대한 구체적 기록이 없는 것

으로 보아 아버지 견훤을 내쫓은 신검, 양검, 용검은 후백제 멸망 후 모든 것이 어느 정도 정리된 어느 때 고려 정부에 의해 조용히 제거된 것으로 판단되고 있다. 아무래도 한 번 배반을 했다는 것부터 이미 존재 자체만으로도 위험한 인물로 다가왔을 테니까. 그러나 견훤의 사위인 박영규의 세 딸 중 하나는 왕건의 부인인 동산원 부인(東山院夫人)이 되었고, 나머지 두 딸은 고려 제3대 왕 정종(定宗)의 후비인 문공 왕후(文恭王后)와 문성 왕후(文成王后)가 되었으니, 견훤의 외손녀들은 고려 왕실과 핏줄로서 연결되기에 이른다.

> 왕이 후백제의 도성으로 들어가 명령하기를, "큰 괴수가 항복하였으니 나의 백성을 범하지 말라."라고 하였다. 이어 장병들을 위문하고 재능에 따라 임용하였으며 군령(軍令)을 엄격하고 밝게 하여 조금도 백성을 범하지 않게 하니, 이에 고을마다 편안해지고 늙은이나 어린이 할 것 없이 다 만세를 부르면서 서로 경사스러워하며 말하기를, "임금께서 오셨으니 우리가 다시 살아났네."라고 하였다.
>
> 《고려사》 태조 19년(936) 9월 8일

결국 후백제 수도인 전주도 얼마 뒤 고려군이 오

자 항복했고, 왕건은 직접 도성으로 들어가 이제 전쟁은 끝났으니 나의 백성들을 함부로 하지 말도록 명했다. 이렇게 후삼국 시대를 가장 먼저 열었던 후백제는 후삼국 시대의 가장 마지막을 장식하며 사라졌다.

하지만 견훤은 한때 자신의 왕국 수도였던 전주까지 왕건과 함께 가지 못했다. 이성계와 달리 자신을 배신한 아들에 대한 원수를 결국 갚았으나, 그 대신 마지막 전투가 끝나자마자 큰 병을 얻었기 때문. 세상에는 복수만으로 채울 수 없는 것이 존재하나 보다.

이제 개태사 도착이군. 버스에서 내리자.

개태사와 왕건

어느덧 오후 6시 15분이 넘어가는군. 이제 이번 여행의 마지막 방문지다.

지금의 개태사(開泰寺)는 그리 큰 규모의 사찰이 아니지만 다른 절에서 볼 수 없는 흥미로운 점이 하나 눈에 띈다. 바로 고려 태조의 어진을 보관하고 있다는 것. 어진전이라는 이름의 건물 안에 태조 왕건의 어진이 걸려 있다. 다만 고려 시대에 그려진 것이 아니라, 근래 만들어진 건물에 근래 그려진 왕건의 어진이 걸려 있네. 조선 시대 들어와 태조 왕건을 포함한 고려 왕의 어진을 모두 땅에 묻어 없애버렸기 때문에 말이지.

개태사 어진전에 걸려 있는 태조 왕건의 어진. ©Park Jongmoo

> 예조에서 아뢰기를, "고려 여러 임금의 진영(眞影) 열여덟이 마전현(麻田縣: 연천군)에 있으니 그곳 정결한 땅에 묻게 하소서." 하니, 그대로 따랐다.
>
> 《조선왕조실록》 세종 15년(1433) 6월 15일

참으로 황당한 사건이라 하겠다. 이 일은 내 개인적인 한반도 인물 랭킹에서 세종 대왕이 큰 감점을 받은 이유가 되기도 했다. 중국의 경우 왕조가 바뀌어도 역대 황제의 어진을 잘 보관하거나 오히려 보호를 위해 새롭게 모사를 해두곤 했었는데, 조선은 이처럼 아예 절단시킨 이유가 무엇이었을까? 실제로 조선 시대 들어와 유교 질서라는 명목으로 과거부터 이어오던 한반도의 문화와 문물을 절단, 파괴시킨 사건이 유독 많았으니, 솔직히 몽골 침입, 임진왜란 등 외부 침입으로 입은 피해 이상으로 한반도 문화유산에 심각한 피해를 준 시기이기도 했다.

이 악업은 결코 잊히지 않고 후세로 이어지게 된다. 조선이 무너진 후 1954년 12월 26일, 의문의 사고로 부산에서 보관 중인 조선 왕의 어진 35점이 불타 사라지고만 것이다. 결국 현재까지 남아 있는 조선 왕의 어진은 경기전의 이성계 등 극히 일부에 불과하게 된다. 과연 1954년의 화재는 단순한 화재였을까? 아니면 조선 왕실 역시 고려 왕실에게 지은 악

업과 똑같은 인과응보를 받게 된 것일까? 이런 것을 보면 참으로 무섭다는 생각이 드는군.

어쨌든 고려 시대만 해도 개태사는 현재의 모습과 달리 어마어마하게 큰 규모의 사찰이었다고 한다. 발굴 조사에 따르면, 사찰을 둘러 담처럼 토성이 있었으니 길이는 약 2.7㎞에 이르렀다. 또한 내부 면적은 50만㎡(15만 평) 정도였으니, 대학 캠퍼스로 친다면 서울의 건국대학교 정도의 규모라 하겠다. 이처럼 사찰이 컸던 이유는 역시나 왕건과 관계가 깊다.

> 고려국왕(高麗國王) 왕건(王建)은 삼가 새로 지은 천호산 개태사에서 화엄경(華嚴經)을 강설하는 법회를 공경하며 개최하오니 공덕이 한결같기를 바라옵니다. … 중략 … 저는 태어나 온갖 근심을 만났고 자라면서 많은 어려움을 겪었습니다. 군병들이 북쪽에서 얽히고, 재난이 남쪽을 어지럽게 하니 사람들은 생업에 힘을 쓸 수 없었고, 집은 온전한 담이 없었습니다. 근래 군공(群公)의 추대를 받아 외람되게 한 나라를 다스리게 되었으나 전쟁이 저를 시험하고 있습니다. 무능한 제가 뜻을 굳게 하고 연마하고, 하늘에 알려 맹세하기를, "큰 근심을 없애고 도둑무리를 깨끗하게 쓸어내어 도탄에

빠진 생민(生民)을 건져 마음대로 향리에서 농사짓고 길쌈하도록 하겠습니다."라고 하였습니다. 위로는 부처님의 힘에 기대고 다음으로는 신령의 위력에 의지하여 20여 년간의 수전과 화공에서 몸은 화살과 돌을 맞았고, 천리 길을 남쪽으로 정벌하고 동쪽을 칠 때는 친히 방패와 창을 베개로 삼았습니다. … 중략 … 병신년(태조 19년, 936년) 가을 9월, 숭선성(崇善城) 근처에서 백제와 전투를 할 때 한 번 호통을 치니 흉악하고 광폭한 무리들이 와해되었고, 다시 북을 치니 역당들이 얼음이 녹듯 사라져 개선의 노래가 하늘에 떠 있고 기쁨의 환호가 땅을 뒤흔들었습니다. 마침내 용맹한 많은 군대가 에워싸고서 무너져가는 흉악한 무리를 몰아다 황산에 말을 매어놓고 이곳에 군대가 진영을 치고 주둔하였습니다. … 중략 … 특별히 명하여 절을 짓게 하여 이제 원만히 이루어 보찰(寶刹)이 일신(一新: 새롭게 만들다)하여 우러러 천우(天佑)를 받들고, 아래로는 신공(神功)을 입어 천하가 지극히 깨끗해지고 나라가 평안하고 태평하길 원합니다. 그러므로 이에 천호(天護)로 산 이름을 삼고 개태(開泰)로 절 이름을 짓고자 하옵니다.

《동인지문사륙》 권8 태조 왕건께서 직접 지은
개태사 화엄법회 발원문

왕건은 후백제가 항복한 936년부터 사찰을 짓도록 하여 940년 12월, 개태사가 완성되자 직접 글을 지어 발원문을 올렸다. 고려 왕실에게는 나라를 개국한 이가 세운 사찰이자 전쟁 없는 평화를 기원하는 글을 직접 써서 올린 사찰로서 그 의미가 각별할 수밖에 없었다. 이후 고려에서는 태조 왕건의 어진까지 개태사에 함께 보관해두었으니, 마치 조선 태조 이성계를 위한 전주의 경기전과 같은 역할을 했던 장소인 것이다.

하지만 이렇듯 중요한 사찰이었던 개태사는 고려 말 왜적 침입으로 크게 무너지고, 조선 시대 들어와 폐사로 이어지게 된다. 결국 지금의 개태사는 1934년 이후 재건된 모습이라 하겠다. 또한 재건 시에는 이미 조선이 사라졌기에 예전처럼 왕건의 어진을 다시금 그려 모신다. 한편 과거의 개태사는 지금의 개태사에서 약 300m 북쪽에 돌로 만든 기단 등 흔적이 남아 있으며, 그 유적을 '개태사지'라고 한다. 결국 지금의 개태사는 과거의 개태사 영역의 일부에 불과하다고 하는군.

개태사의 전반적 역사를 살펴보았으니, 다음으로 《동인지문사륙》의 왕건 발원문 중 "이곳에 군대가 진영을 치고 주둔하였습니다."를 주목해볼까? 사실 이곳은 후백제 제2대 왕인 신검이 항복한 장소이기도 했던 것이다. 왕건이 8~10만에 이르는 군대를 이끌고 논산까지 왔을 때 후백제 왕과 신료들이 항복을 청하자, 다름 아닌 개태사가 있던 장소에서 고려군이 진영을 치고 이들을 맞이했음을 의미한다. 즉, 고려에게 이곳은 통일 신라에 이어 다시금 삼한을 하나로 만들었다는 정통성이 구축된 중요한 장소였다.

한편 후백제 왕인 신검이 항복할 때 견훤 역시 왕건과 함께하고 있었다. 하지만 신검이 항복한 후 얼마 지나지 않아 견훤은 죽음을 맞이한다.

> 견훤은 분하게 여겨 등창이 나서 수일 만에 황산(黃山)의 불당에서 죽으니 때는 9월 8일(936년)이고 나이는 70이었다.
>
> 《삼국유사》 제2 기이 후백제 견훤

기록에 따르면 견훤이 죽은 장소가 황산의 불당이라 되어 있는데, 이에 대해 학계에서는 해당 불당을 개태사로 보는 주장이 있다. 실제로도 견훤의 죽음에 대한 기록 속 황산은 지금의 논산시 연산이며, 왕건이 후백제의 항복을 받은 장소 역시 지금의 논산시 연산이니까. 이에 본래 개태사 이전에도 이곳에 사찰이 있었으며, 그 장소에서 견훤이 죽음을 맞이했다고 보는 것이다.

이처럼 견훤은 자신이 세운 후백제가 멸망하는 모습을 확인한 직후 등창이 터져 이곳 사찰에서 더는 움직일 수 없게 되었으며, 왕건만 병력을 이끌고 남으로 내려가 전주에 도착하게 된다. 그리고 시간이 지나 고려군이 최종 승리를 만끽하고 돌아왔을 때는 이미 견훤은 세상을 뜬 상황이었다. 이에 왕건은 견훤이 죽은 사찰을 고려의 승전을 기념하는 사찰로 크게 확장하여 새롭게 짓고 개태사라 명한다. 즉, 왕건이 직접 발원문을 올릴 때 "보찰(寶刹)이 일신(一新)하여"라는 표현을 사용했던 것은 본래 존재했던 사찰을 기반으로 새롭게 중창했음을 의미하는 표현이었다.

이렇듯 견훤은 후백제의 최후와 함께 새 시대를 왕건에게 넘기고 깔끔하게 역사에서 퇴장했다. 이와 같은 마지막 타이밍마저 참으로 견훤답다는 생각이 든다. 다만 기록에 따르면, 왕건이 자신을 배신한 아들을 용서하자 견훤이 이를 분하게 여겨 등창이 나 죽었다고 한다. 그러나 오히려 아들에 대한 복수가 끝난 후 생긴 허망함과 더불어 인생의 모든 것이었던 후백제가 사라지는 순간 세상을 하직할 준비를 마쳤다고 보는 것이 옳을 듯싶다.

20대의 젊은 나이에 남다른 꿈을 지니고 분연히 일어나 스스로 왕위에까지 올랐으나, 결국 인생의 마지막인 70살에는 역사의 패배자로 남게 된 견훤. 그럼에도 난 견훤이 통일 신라에서 고려로 이어지는 다리 역할을 함으로써 한반도 역사에 남다른 업적을 남겼다고 생각하고 있다. 이것이 개인적으로 견훤이라는 인물을 좋아하는 이유이기도 하다.

개태사 삼존 석불을 보고

개태사 중심 건물에 들어가니 삼존 석불이 계신다. 정확한 명칭은 논산 개태사지 석조여래삼존입상(論山 開泰寺址 石造如來三尊立像)으로 가운데 부처는 아미타불, 양옆에는 관세음보살과 대세지보살이 함께 서 있는 형식이다. 키는 아미타불이 4.15m, 양옆의 보살은 3.21m로 꽤나 장대하다.

부처를 계속 보다보니, 특히 손에 눈길이 가는군. 손이 무척 큰 데다 두툼하거든. 마치 권투 글러브를 끼고 있는 느낌? 사실 큼직한 두 손뿐만 아니라 부피감 있는 팔, 통통한 몸집 등 전체적으로 크게 묘사되어, SF 영화에 나오는 외계인 느낌도 든다. 참으로 개성적인 모습이다.

논산 개태사지 석조여래삼존입상. 가운데 부처는 아미타불, 양옆에는 관세음보살과 대세지보살이 함께 서 있는 형식이다. ©Park Jongmoo

이곳 삼존 불상은 왕건의 명으로 개태사가 세워질 때 함께 만들어진 불상으로 알려져 있다. 그렇다면 후삼국 시대 고려 디자인의 조각이라 보아도 무리가 아니겠지? 그런데 가만 생각해보니 이번 여행에서 불상을 꽤 많이 본 듯하군.

우선 1) 전북대학교에서 봉림사지 삼존 석불을 보았고, 2) 실상사에서는 철조 여래 좌상을 보았으며, 3) 금산사에서는 미륵불을 보았다. 그리고 이곳에서 4) 개태사 삼존 석불까지 만났으니 말이지.

그런데 여행에서 만난 순서는 위와 같아도 제작 시기에 따라 배치하면, 실상사 철조 여래 좌상→봉림사지 삼존→석불 개태사 삼존 석불→금산사 미륵불이 되겠다.

한편 금산사 미륵불은 조각가 김복진이 통일 신라 부처, 특히 석굴암 부처 디자인을 바탕으로 만들었기에 진표 율사가 미륵불을 조성할 당시, 즉 통일 신라 때의 디자인을 승계한 것으로 보아도 무방할 것이다. 그러므로 디자인 변화에 따른 순서로 배치하면, 금산사 미륵불→실상사 철조 여래 좌상→봉림사지 삼존 석불→개태사 삼존 석불이 되겠다.

하나씩 설명을 해보자면 금산사 미륵불은 8세기 중반 통일 신라 전성기 디자인이며, 실상사 철조 여래 좌상은 9세기 중반 통일 신라 후반기 디자인이고, 봉림사지 삼존 석불은 10세기 초반 후백제 디자인이라 하겠다. 마지막으로 개태사 삼존 석불은 10세기 중반 고려의 디자인이다.

금산사 미륵불이 8세기 중반에 만들어진 석굴암의 본존불처럼 현실적인 인간 비례를 바탕으로 엄격한 기준에 따른 이상적인 부처상을 묘사했다면, 9세기 중반의 실상사 철조 여래 좌상은 선종의 영향으로, 묘사 하나하나를 격에 맞추기보다는 기존 부처의 형식은 갖추되 상당 부분은 과감한 생략을 통해 대담하게 표현했다.

다음으로 10세기 초반 후백제에 의해 조성된 봉림사지 삼존 석불은 백제 지역에 남아 있는 백제 부처상의 디자인을 도입하여 상당한 격식을 갖춘 비례와 보수적인 디자인을 보였다. 그러나 고려가 만든 개태사 삼존 석불은 기존의 형식을 과감히 탈피하여 이전에는 본 적이 없는 너무나 개성적인 불상이라 하겠으니, 이로써 통일 신라 영향력이 완전히 마감되고 고려라는 새로운 시대가 열렸음을 상징적으로 보여준다.

이는 분명 고려 왕건이 개성 출신인 것과도 연결될 것이다. 경주에서 멀고 먼 지역에서 태어난 왕건은 그렇기 때문에 기존의 신라 형식에서 과감히 탈피한 사상과 기준을 갖출 수 있었다. 이에 가장 기본

적인 가치관만 공유할 수 있다면 자신과 함께할 수 있다는 과감한 사고방식으로 분열된 한반도를 통합시킬 수 있었던 것이다. 마치 부처상이라는 기본적인 모습을 제외하면 형식과 디자인이 완전히 일신한 형태의 개태사 삼존 석불처럼 말이지.

반면 견훤은 경주와 가까운 상주 출신인 데다 경주에서 활동한 경력도 있는 신라 장군 출신이었다. 이것이 불상에도 투영되어 봉림사지 삼존 석불은 통일 신라 불상 기준에 백제 옷을 입힌 디자인으로 조각되었던 것. 이러한 한계가 후삼국 시대에 백제라는 정체성을 주장하며 신라 공략에만 집중한 후백제의 모습으로 이어졌고, 결국 이것이 고려와의 경쟁에서 패배로 이어졌던 것이 아닐까?

이번 여행에서 본 불상을 쭉 머리에 떠올리면서 개태사 밖으로 나왔다. 시간을 확인하니, 오후 7시네. 이제는 집이 있는 안양으로 가야 할 텐데. 여기서 버스를 타든 택시를 타든 어쨌든 바로 옆 계룡시로 건너가서 고민해봐야겠다. 그럼 계룡시로 가서 기차를 타고 안양으로 갈까나? 그 전에 배가 고프니 계룡시에 가서 저녁도 먹어야겠다.

자~ 이번 여행 이야기는 여기서 끝.

에필로그

전주 여행을 즐겨 하던 사람으로서 매번 아쉬운 점이 있었다. 대부분의 관광객이 한옥 마을과 경기전 등 한정된 아이템 안에서만 전주를 여행한다는 점이다. 사실 전주라는 도시 공간을 넘어 조금만 더 넓게 펼쳐보면 전주—고창—부안—남원—김제—익산—논산 등으로 여행을 확장시킬 수 있으며, 이를 통해 과거 전주(全州)의 위상이 얼마나 컸는지도 확인 가능하다. 이 책에서 여러 번 언급했듯이 한때 전주는 하나의 도시가 아닌 하나의 주(州)로서 의미도 존재했기 때문이다.

그래서 이번에는 본래 전주뿐만 아니라 전주와 가까운 주변 지역까지 묶어 이야기를 구성했다. 그 과정에서 스토리텔링을 위해 전주를 기반으로 국가를 세웠던 견훤이라는 인물을 주인공으로 삼았고, 그의 삶 흔적을 이해하기 위한 장치로서 마찬가지로 전주와 깊은 인연이 있는 이성계를 등장시켰던 것이다.

홍미롭게도 나는 장수 황씨(長水 黃氏)로 본관이 장수군으로 되어 있다. 할아버지 윗대부터 남원, 전주 등에서 살았는데, 6·25 전쟁 때문에 부산으로 이주하게 되었거든. 그래서인지 20대부터 괜히 나만의 정체성을 찾아본다며 홀로 전주, 남원, 장수 등을 자주 돌아다니곤 했다. 그런데 갈 때마다 왠지 모르게 포근한 느낌을 받았는데, 특히 남원, 장수의 산자락 바로 아래 위치한 도시 풍경이 그러하더군. 맑은 공기와 산자락 아래 도시 분위기?

그래서인지 지금도 난 복잡한 도심지를 별로 안 좋아하고 관악산 바로 아래에서 살고 있다. 물론 앞으로 어디로 이사를 가더라도 가능하다면 도심지보다 산 옆으로 갈 것 같다. 이처럼 나의 고향은 부산이지만 더 위의 조상이 있는 지역까지 묘한 감정이 드는 것은 어쩔 수 없는 모양이다. 다만 모계로 보면 부산으로 이주하기 전 조상이 의령 등 경상남도에서 지내다 거제도에서 외할아버지가 사셨으니. 덕분에 바다에 대한 감정도 남다르다.

이는 비단 나만의 이야기가 아닌 듯하다. 견훤은 전주에 자리 잡은 뒤에도 자신의 고향이자 조상들이 머물렀던 상주에 끊임없이 관심을 두었고, 그 때문인지 후백제는 경상북도 공략에 상당한 에너지를 쏟았으니까. 마찬가지로 함경도가 고향인 이성계 역시 자신의 먼 조상이 살았던 전주에 남다른 애착을 지녔으며, 후대 조선 왕들은 아예 관념적인 고향으로서 전주를 바라보았다. 인간이란 본래 자신의 정체성을 찾는 과정이 이렇듯 복잡한 존재인가보다.

어쨌든 전주를 넓게 보는 이번 여행기를 통해 많은 사람들이 전주라는 한정된 도시 공간을 넘어, 전주(全州) 그 자체가 지니고 있는 전체적인 역사와 매력을 함께 이해하면 좋겠다. 마지막으로 나에게 전주란? 먼 조상의 흔적을 찾게 만드는, 마치 비밀의 열쇠 같은 장소? 이 책을 읽고난 여러분들에게는 전주란 과연 어떤 도시로 다가올지 궁금하다.

그럼 다음 책에서 또 만나요.

참고 문헌

"7세기 신라의 백제 故地 편입 과정", 손지호, 계명대학교(2019).

"9세기 신라 · 일본해적의 연대와 일본정부의 대응", 이병로, 일본어문학회(2015).

"개태사 석조삼존불입상 조성배경 再考: 太祖 王建軍 屯營址 馬城의 위치와 관련하여", 정성권, 백산학회(2012).

"고대 한국 지방도시 격자형 토지구획의 형태특성에 관한 연구", 이경찬, 건축역사연구(2002).

《고려의 후삼국 통일과 후백제》, 김갑동, 서경문화사(2010).

"고창 봉덕리 1호분의 고고학적 위상", 이문형, 원광대학교 마한백제문화연구소(2020).

"금산사 대장전의 변화와 상징", 홍병화, 국립문화재연구소(2018).

《마한 분구묘의 기원과 발전》, 임영진, 학연문화사(2016).

"『삼국사기』 완산주(完山州) 관련 기록의 재검토", 최범호,

전북사학회(2013).

"新羅 9州5小京의 都市構造 研究", 황인호, 중앙문화재연구원(2014).

"新羅의 百濟故地 점령 정책: 完山州 설치 배경을 중심으로", 정재윤, 국사편찬위원회(2002).

"입당 유학생 최승우와 후백제 견훤 정권", 배재훈, 신라사학회(2012).

"전북지역 마한 · 백제묘제의 양상과 그 의미", 최완규, 백제학회(2016).

《전주 동고산성》, 전북문화재연구원(2006)

"〈전주지도〉에 표현된 조선 후기 전주부성의 식생경관상", 강인애 · 노재현, 한국전통조경학회(2018)

"조선시대 각 도별 인구 및 전답과 조세부담액 분석", 오기수, 한국세무학회(2010).

"통일 신라의 지방관제 연구", 이문기, 국사편찬위원회(1990).

"후백제와 태봉 불교문화의 공통점과 차이점", 진정환, 동악미술사학회(2020).

"後百濟의 對중국 교류 연구", 허인욱, 한국사학회(2016).

"後百濟의 全州 遷都와 勒寺 開塔", 이도학, 한국사연구회(2014).

타산지석 시리즈

"여행은 보이지 않는 지도에서 시작된다."

001 영국 바꾸지 않아도 행복한 나라
이식 · 전원경 지음/320면/컬러/15,000원

002 그리스 고대로의 초대, 신화와 역사를 따라가는 길
유재원 지음/280면/컬러/17,900원

003 중국 당당한 실리의 나라
손현주 지음/352면/컬러/13,900원

004 터키 신화와 성서의 무대, 이슬람이 숨쉬는 땅
이희철 지음/352면/컬러/15,900원

005 러시아 상상할 수 없었던 아름다움과 예술의 나라
이길주 외 지음/320면/컬러/14,500원

006 히타이트 점토판 속으로 사라졌던 인류의 역사
이희철 지음/244면/컬러/15,900원

007 이스탄불 세계사의 축소판, 인류 문명의 박물관
이희철 지음/224면/컬러/14,500원

008 독일 내면의 여백이 아름다운 나라
장미영 · 최명원 지음/256면/컬러/12,900원

009 이스라엘 평화가 사라져버린 5,000년 성서의 나라
김종철 지음/350면/컬러/15,900원

010 런던 숨어 있는 보석을 찾아서
전원경 지음/360면/컬러/15,900원

011 미국 명백한 운명인가, 독선과 착각인가
최승은 · 김정명 지음/348면/컬러/15,000원

012 단순하고 소박한 삶 아미쉬로부터 배운다
임세근 지음 / 316면 / 컬러 / 15,900원

013 이스라엘에는 예수가 없다 유대인의 힘은 어디서 비롯되는가
김종철 지음 / 224면 / 컬러 / 14,500원

014 싱가포르 유리벽 안에서 행복한 나라
이순미 지음 / 320면 / 컬러 / 15,000원

015 한호림의 진짜 캐나다 이야기 본질을 추구하니 행복할 수밖에
한호림 지음 / 352면 / 컬러 / 15,900원

016 몽마르트르를 걷다 삶이 아플 때 사랑을 잃었을 때
최내경 지음 / 232면 / 컬러 / 13,500원

017 커튼 뒤에서 엿보는 영국신사 소심하고 까칠한 영국 사람 만나기
이순미 지음 / 298면 / 컬러 / 13,900원

018 왜 스페인은 끌리는가 자유로운 영혼 스페인의 정체성을 만나다
안영옥 지음 / 232면 / 컬러 / 18,900원

019 대만 거대한 역사를 품은 작은 행복의 나라
최창근 지음 / 304면 / 컬러 / 19,800원

020 타이베이 소박하고 느긋한 행복의 도시
최창근 지음 / 304면 / 컬러 / 17,900원

021 튀르크인 이야기 흉노 돌궐 위구르 셀주크 오스만제국에 이르기까지
이희철 지음 / 282면 / 컬러 / 19,800원

022 일본적 마음 김응교 인문 여행 에세이
김응교 지음 / 234면 / 컬러 / 14,000원

일상이 고고학 나 혼자 전주 여행

1판 1쇄 발행 2022년 4월 1일
1판 2쇄 발행 2022년 8월 17일

지은이 황윤
펴낸이 김현정
펴낸곳 책읽는고양이 / 도서출판리수

등록 제4-389호(2000년 1월 13일)
주소 서울시 성동구 행당로 76 110호
전화 2299-3703
팩스 2282-3152
홈페이지 www.risu.co.kr
이메일 risubook@hanmail.net

ISBN 979-11-86274-92-7 03810